A Laddie Cawed CHRISTMAS

A Laddie Cawed CHRISTMAS

MATT HAIG

wi illustrations by CHRIS MOULD

Translatit intae Scots by Matthew Fitt

First published 2021 by Itchy Coo

Itchy Coo is an imprint and trade mark of
James Francis Robertson and Matthew Fitt and used
under licence by Black & White Publishing Ltd.

Black & White Publishing Ltd
Nautical House, 104 Commercial Street, Edinburgh EH6 6NF

1 3 5 7 9 10 8 6 4 2   21 22 23 24

ISBN: 978 1 78530 353 1

First published in Great Britain as *A Boy Called Christmas*
by Canongate Books Ltd in 2015

A CIP catalogue record for this book is available from the British Library.

Typeset by Iolaire, Newtonmore
Printed and bound by Clays Ltd, Elcograf S.p.A.

Impossible.
– An auld elf sweerie word

An Ordinary Laddie

Ye're aboot tae read the richt story o Faither Christmas.

Aye. Faither Christmas.

Ye're mibbe thinkin hoo come I ken the richt story o Faither Christmas, and whit I'd tell you is ye shouldnae be sae nebbie. No at the stert o a book. It's rude, for wan thing. Aw you need tae unnerstaund is that I dae ken the story o Faither Christmas, or else I widnae be writin this, wid I?

Mibbe you dinnae caw him Faither Christmas.

Mibbe ye caw him somethin else.

Santae or Saint Nick or Santae Claus or Sinterklaas or Kris Kringle or Pelznickel or Papa Noël or Streenge Mannie Wi A Muckle Belly That Blethers Tae Reindeer And Gies Me Presents. Or mibbe ye hae yer ain name for him ye've come up wi aw by yirsel, jist for fun. If ye were an elf, though, ye wid ayewis caw him Faither Christmas. It wis the pixies that sterted cawin him Santae Claus, and whuspered that name in folk's lugs, jist tae spreid confusion, in their ill-trickit wey.

But whitever ye happen tae caw him, ye ken aboot him, and that's whit maitters.

Can ye believe there wis a time when naebody kent onythin aboot him? A time when he wis jist an ordinary laddie cawed Nikolas, bidin in the middle o naewey, or the middle o Finland, haein nothin tae dae wi magic apairt fae believin in it? A laddie that kent nothin aboot the warld apairt fae the taste o mushroom soup, the feel o a cauld north wund, and the stories he wis telt. And aw he had wis wan doll made fae a tumshie tae play wi.

But life wis gonnae chynge for Nikolas, in weys he could never hae imagined. Things were gonnae happen tae him.

Guid things.

Awfie things.

Impossible things.

But if you're wan o thae folk that believe that some things are impossible, ye should pit this book doon richt awa. It is definately no for you.

Because this book is hotchin wi *impossible things.*

Are ye aye readin the book?
Guid. (Elves wid be prood.)
Then let's get gaun . . .

A Widdcutter's Son

Noo, Nikolas wis a happy laddie.

Weel, naw, no he wisnae.

He wid hae telt ye he wis happy, if ye spiered him, and he definately *tried* tae be happy, but whiles being happy is quite fykie. Mibbe whit I'm sayin is that Nikolas wis a laddie that believed in happiness, the wey he believed in elves and trows and pixies, but he hadnae ever seen an elf or a trow or a pixie, and he hadnae really seen proper happiness either. At least, no for an awfie lang time. He didnae hae it that easy. Tak Christmas.

This is the leet o ivry present Nikolas had got for Christmas. In his haill life.

1. A widden sleigh.
2. A doll cairved oot o a tumshie.

That's hit.

The truth is that Nikolas's life wis a sair fecht. But he made the best o it.

He had nae brithers or sisters tae play wi, and the nearest toun – Kristiinankaupunki (Kris-tee-nan-cow-punky) – wis a lang wey aff. It took even langer tae get tae than it did tae say it. And onywey there wisnae muckle tae dae in Kristiinankaupunki apairt fae gang tae the kirk or keek in the windae o the toyshop.

'Da! Look! A widden reindeer!' Nikolas wid sab as he pressed his neb against the gless o yon same auld toyshop.

Or,

'Look! An elf doll!'

Or,

'Look! A saft cuddly doll o the king!'

And wance he even spiered,

'Can I get wan?'

He keeked up at his faither's face. A lang and thin face wi thick bushy eebroos and skin rocher than auld shuin in the rain.

'Dae ye ken whit that costs?' said Joel, his faither.

'Naw,' said Nikolas.

And then his faither held up his left haun, fingirs streetched. He ainly had fower and a hauf fingirs on his left haun because o an accident wi an aixe. An awfie accident. Hunners o bluid.

And we probably shouldnae think ower lang aboot that, as this is a Christmas story.

'Fower and a hauf rubles?'

His faither gied him a crabbit look. 'Naw. *Naw.* Five. Five rubles. And five rubles for an elf doll is ower muckle siller. Ye could buy a cottage wi that.'

'I thocht cottages cost a hunner rubles, Da?'

'Dinnae you try and be smairt wi me, Nikolas.'

'I thocht you said I should try and be smairt.'

'No richt noo,' said his faither. 'And onywey, whit dae ye need an elf doll for when ye hae that tumshie-doll yer mither made? Could ye no kiddy on the tumshie's an elf?'

'Aye, Da, I will,' Nikolas said, because he didnae want his faither gaun aw crabbit again.

'Dinnae worry, son. I'll wark awfie haurd sae that wan day I'll be rich and you can hae aw the toys ye want and we can hae a *real* cuddie, wi òor ain coach, and ride intae toun like a king and a prince!'

'Dinnae wark ower haurd, Da,' said Nikolas. 'Ye need tae play sometimes and aw. And I *am* happy wi ma tumshie-doll.'

But his faither had tae wark haurd. Chappin

widd aw day and ivry day. He warked as soon as it wis licht tae when it wis daurk.

'The trouble is we bide in Finland,' his faither explained, on the day oor story sterts.

'Does awbody else no bide in Finland?' spiered Nikolas.

It wis mornin. They were heidin oot intae the forest, gaun by the auld stane well that they couldnae look at. The groond wis white wi a thin stoor o snaw. Joel cairried an aixe on his back. The blade glistered in the cauld mornin sun.

'Naw,' said Joel. 'Some folk bide in Sweden. And there's aboot seeven folk bide in Norroway. Mibbe even eicht. The warld is a muckle place.'

'Sae whit's wrang wi bidin in Finland, Da?'

'Trees.'

'Trees? I thocht ye liked trees. That's why ye chap them doon.'

'But there's trees aw weys. Sae naebody peys muckle siller for . . .' Joel stapped. Turned aroond.

'Whit is it, Da?'

'I thocht I heard somethin.' They saw nothin but birk and pine trees and tummocks o herbs and heather. A tottie reid-breistit birdie sat on a brainch.

'Must hae been nothin,' Joel said, no shair.

Joel glowered up at a giant pine, pressed his haun on the roch bark. 'This is the wan.' He sterted chappin awa, and Nikolas sterted huntin aboot for mushrooms and berries.

Nikolas jist had wan lanely mushroom in his luggie when he catchit a glisk o an animal in the distance. Nikolas loved animals, but maistly saw ainly birds, mice and mappies. Whiles he wid see an elk.

But this somethin wis mair muckle and mair strang.

A bear. A giant broon bear, aboot three times the size o Nikolas, staundin on its hin-legs, its muckle paws scoofin berries intae its mooth. Nikolas's hert sterted poondin wi excitement. He decided tae get a closer look.

He walked saftly forrit. He wis gey close noo.

I ken that bear!

The awfie moment when he realised he kent the bear wis the same awfie moment he steppit on a twig and it crackit. The bear turned, glowered straicht at him.

Nikolas felt somethin grup his airm, haurd. He turned tae see his faither lookin crabbitly doon at him.

'Whit are ye daein?' he hished. 'Ye'll get yersel killt.'

His da's grup wis that ticht it wis sair. But then he lowsed his grup.

'Be the forest,' whuspered Joel. This wis somethin he aye said, whenever danger wis aroond. Nikolas never kent whit he wis on aboot. He jist steyed still. But it wis ower late.

Nikolas mindit when he wis sax year auld wi his mither – his joco, singin, rosy-cheeked mither. They had been gaun tae get some

watter fae the well when they'd seen the exact same bear. His mither had telt Nikolas tae rin back tae their bothy, and Nikolas had rin. She hadnae.

Nikolas watched his faither haud his aixe wi a tichter grup, but he saw his faither's hauns tremmle. He poued Nikolas back, ahint him, in case the bear chairged.

'Rin,' his faither said.

'Naw. I'm steyin wi ye.'

It wisnae clear if the bear wis gonnae chase them. It probably wisnae. It wis probably ower auld and wabbit. But it did rair at them.

Then, richt at that moment, there wis a whustlin soond. Nikolas felt somethin wheech past his lug, like a fast fedder. A moment efter, a gray-feddered arra stobbed the tree aside the bear's heid. The bear gaed doon on aw fowers, and hirpled awa.

Nikolas and Joel looked ahint them, tryin tae see wha had fired the arra, but there wis naethin but pine trees.

'It has tae be the hunter,' said Joel.

A week afore, they had foond an woondit elk wi the same gray-feddered arra stickin oot o it. Nikolas had gart his faither help the puir craitur. He'd watched him gaither snaw and pit it aw roon the woond afore pouin the arra oot.

They kept glowerin through the trees. A twig crackit, but they didnae see a thing.

'Aw richt, Christmas, let's get oot o here,' Joel said.

Nikolas hadnae been cawed that for a lang time.

Back in the auld days his faither used tae joke aroond and hae fun. He used tae caw awbody nicknames. Nikolas's mither wis 'Sweetbreid' even though her richt name wis Lilja, and Nikolas himsel wis nicknamed 'Christmas' because he had been born on Christmas Day. His faither had even cairved the nickname intae his widden sleigh.

'Will ye look at him, Sweetbreid, oor wee laddie Christmas.'

He wis haurdly ever cawed that noo.

'But dinnae you ever go spyin on bears, ye hear me? Ye'll get yersel killt. Stey near me. Ye're jist a laddie yet.'

A wee bit efter, when Joel had been chappin for an oor, he sat doon on a tree scrag.

'I could help ye,' offered Nikolas.

His faither held up his left haun. 'This is whit happens when eleeven-year-aulds use aixes.'

Sae Nikolas jist kept his een tae the groond, huntin for mushrooms and wunnerin if being eleeven year auld ever wis gonnae be ony fun.

The Bothy and the Moose

The bothy whaur Nikolas and Joel steyed wis the second smawest bothy in the haill o Finland.

It had wan room jist. Sae the bedroom wis the kitchie and the livin room and the bathroom. Mind ye, the bathroom had nae bath. It didnae even hae a cludgie. The cludgie wis ootside and wis jist a muckle deep hole in the groond. The hoose had twa beds, wi mattresses stappit wi strae and fedders. The sledge wis ayewis kept ootside, but Nikolas kept his tumshie-doll aside the bed tae mind him o his mither.

But Nikolas wisnae fashed. It didnae really maitter hoo wee a hoose wis if ye had a muckle imagination. And Nikolas spent his time daydreamin and thinkin aboot magical things like pixies and elves.

The best pairt o Nikolas's day wis bedtime, because this wis when his faither wid tell him a story. A wee broon moose, that Nikolas

cawed Miika, wid snoove intae the warmth o the bothy and listen and aw.

Weel, Nikolas liked tae think that Miika wis listenin but really he wis jist yeukin for cheese. Which took an awfie lot o yeukin, for Miika wis a forest moose, and there wis nae coos or goats in this forest, and he hadnae ever seen or smelled cheese, let alane tastit it.

But Miika, like aw mice, believed in the existence o cheese, and kent it wid taste awfie, awfie guid if he ever got the chaunce.

Onywey, Nikolas wid lie there, in the happy snodness o his bedclaes, and lug in closely tae his faither's stories. Joel ayewis looked wabbit. He had rings unner his een. He seemed tae get a new ane ivry year. Like a tree.

'Noo,' said his faither, that nicht. 'Whit story wid ye like the nicht?'

'I'd like ye tae tell me aboot the elves.'

'*Again?* Ye've been telt aboot the elves ivry nicht since ye were three.'

'Please, Da. I like tae hear aboot them.'

Sae Joel telt a story aboot the elves o the Faur North, that bade ayont the ainly moontain in Finland, a secret moontain, that some folk doot isnae even there. The elves bade in a magical land, a snaw-covered clachan cawed Elfhelm surroondit by widded hills.

'Are they real, Da?' Nikolas spiered.

'Aye. I've never seen them,' his faither said, 'but I believe they are. I believe it wi aw ma hert. And whiles believin somethin is as guid as kennin it.'

And Nikolas agreed, but Miika the moose disagreed, or he wid hae done if he could unnerstaund. If he could unnerstaund he wid hae said 'I'd raither taste real cheese than jist believe in it.'

But for Nikolas, it wis eneuch. 'Aye, Da, I ken believin is as guid as kennin. I believe the elves are freendly. Dae you?'

'Aye,' said Joel. 'And they wear brichtly coloured claes.'

'You wear colourfu claes, Da!'

This wis true, but Joel's claes were made fae cast-aff cloots he got for free fae the tailor's in toun. He had made himsel multi-coloured patchwark troosers and a green sark and – best o aw – a muckle lang reid bunnet wi a white furry rim and a fluffy white cotton toorie.

'Och aye, I dae, but ma claes are gettin auld and thrummy. The elves' claes ayewis look spang-new and . . .'

He stapped richt there.

There wis a noise ootside.

And a moment efter cam three haurd chaps on the door.

The Hunter

'That's streenge,' said Joel.

'Mibbe it's Auntie Carlotta,' said Nikolas, really hopin mair than onythin in the haill warld that it wisnae Auntie Carlotta.

Joel walked ower tae the door. It wisnae a lang walk. It ainly took him wan step. He opened the door and a man kythed in the door frame.

A tall, strang, braid-shoodered, stoot-jawed man wi hair like gowden strae. He had bricht blue een and reeked o hey and looked as swack as twinty cuddies. Or hauf a bear. He looked strang eneuch tae lift the bothy aff the groond, if that had been whit he wantit. But he wisnae intae liftin bothies aff the groond the day.

They recognised the arras the man wis cairryin on his back, and their gray fedders.

'It's yersel,' said Joel. 'The hunter.'

Nikolas could see his faither thocht the hunter wis braw.

'It is,' said the man. Even his voice soondit

like it had muscles. 'Ma name is Anders. That wis a gey close thing wi the bear earlier.'

'Aye, thank you. Come ben, come ben. I'm Joel. And this is ma guid son Nikolas.'

The muckle man keeked at the moose sittin in the corner o the room, chawin a mushroom.

'I dinnae like you,' said Miika, glowerin at the man's muckle shuin. 'Yer feet are, frankly, frichtsome.'

'Will ye tak a drink?' Joel spiered, meekly. 'I hae some cloodberry wine.'

'Aye,' said Anders, and then he saw Nikolas and gied him a freendly smile. 'Wine wid be braw. I see ye wear yer reid bunnet even in the hoose, Joel.'

'Weel, it keeps ma heid warm.'

Cloodberry wine, thocht Nikolas, as Joel brocht doon a bottle that wis hidin on the tap o the kitchie press. He didnae ken his faither had ony cloodberry wine.

Faithers were mysteries.

'I've cam tae spier for yer help,' said Anders.

'Spier awa,' Joel said, poorin oot twa cups o wine.

Anders took a sook. Then a gowp. Then he scoofed the haill cup. He dichted his mooth wi his muckle richt haun. 'I want ye tae dae somethin. Somethin for the king.'

Joel wis gliffed. 'King Frederick?' Then he lauched. The hunter wis clearly haein him on. 'Haw! For a meenit there I wis jist aboot believin ye! Whit in the name o the wee man wid a king want fae a puir widdcutter like masel?'

Joel waitit on Anders lauchin and aw, but there wis a lang silence.

'I've been watchin ye aw day. Ye're guid wi an aixe . . .' Anders trailed aff, seein that Nikolas wis sittin up in bed wi wide open een listenin tae the maist excitin conversation he'd ever heard. 'Mibbe this should be jist atween oorsels.'

Joel noddit that haurd the white toorie on his bunnet fell forrit. 'Nikolas, gonnae go ben tae the ither room?'

'But, Da, we dinnae *hae* anither room.'

His faither seched. 'Oh aye. Ye're richt . . . Weel,' he said tae his giant guest, 'mibbe we should gang ootside. It's a fine simmer's nicht. I'll gie ye a shote o ma bunnet.'

Anders lauched lood and lang. 'I think I'll survive wioot it!'

And sae the men gaed ootside and Nikolas gaed tae his bed, streenin his lugs tae hear whit they said. He listened tae the voices bletherin and he could jist aboot mak oot the odd word.

'. . . men . . . king . . . rubles . . . Turku . . . lang . . . moontain . . . weapons . . . distance . . . siller . . . siller . . .' Siller wis mentioned twa-three times. But then he heard a word that gart him sit up in his bed. A magical word. Mibbe the maist magical word o aw. '*Elves*.'

Nikolas saw Miika scuddlin alang the edge o the flair. He stood up on his hin-legs, gowked at Nikolas, and looked aboot ready tae hae a blether. Weel, he looked aboot as ready as ony moose that's aboot tae hae a blether. Which means he didnae look it at aw.

'Cheese,' said the moose, in moose language.

'I hae an awfie bad feelin aboot aw this, Miika.'

Miika keeked up at the windae, and Nikolas thocht his tottie daurk een seemed fashed wi worry, and that his neb wis twitchin nervously.

'And if I cannae hae cheese I'll scoff this honkin auld vegetable craitur insteid.'

Miika turned tae the tumshie-doll lyin by Nikolas's bed, and took a bite oot o it.

'Haw, that wis a Christmas present!' said Nikolas.

'I'm a moose. Ye think I gie a hoot aboot Christmas.'

'Haw!' said Nikolas again, but it wis haurd tae be crabbit wi a moose, sae he let Miika cairry on, chawin the tumshie-doll's lug aff.

The men steyed ootside the windae for a

lang time, talkin distant words and drinkin cloodberry wine, as Nikolas lay there, worrit, in the daurk, wi a bad feelin in his belly.

Miika had a bad feelin in his belly and aw. But that wis whit ye get fae scrannin raw tumshie.

'Guid nicht, Miika.'

'I think in future I'll jist stick wi cheese,' said Miika.

And Nikolas lay there, wi an awfie thocht. The thocht wis this: *Somethin Bad Is Gonnae Happen*.

And he wis richt.

It wis.

The Sleigh (and Ither Bad News)

'Listen, son, there's somethin I hae tae tell ye,' said his faither, as they ate foostie rye breid for breakfast. This wis Nikolas's second favourite breakfast (richt efter *un-foostie* rye breid).

'Whit is it, Da? Whit did Anders want tae spier ye?'

Joel took a deep braith, as if the nixt sentence wis somethin he had tae lowp intae and sweem through. 'I've been offered a joab,' he said. 'It's a lot o siller. It could be the answer tae awthin. But . . .'

Nikolas waitit, haudin his braith. And then it cam.

'But I'll hae tae go awa.'

'Whit?'

'Dinnae worry. It'll no be a lang time. Twa months jist.'

'Twa *months*?'

Joel had a wee think. 'Three, at the maist.'

That soondit like for ever. 'Whit kind o joab taks three months?'

'It's an expedition. A group o men are heidin tae the Faur North. They want tae find Elfhelm.'

Nikolas could haurdly believe his lugs. His mind wis birlin wi excitement. He had aye believed in elves, but never really imagined that people could actually gang and see them. *Elves.* Livin, breathin *elves*. 'The elf clachan?'

His faither noddit. 'The king has said there's a reward for onybody that finds proof o the elf clachan. Twal thoosand rubles. Atween seeven men that's ower three thoosand each.'

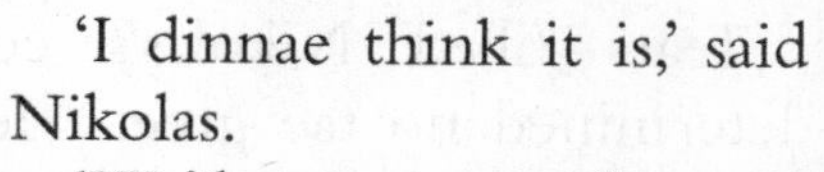

'I dinnae think it is,' said Nikolas.

'We'd never ever hae tae worry aboot siller again!'

'Aw, Da, can I no come? I can spot a mushroom fae a mile awa even in the snaw! I'll be awfie, awfie usefu.'

His faither's lang leathery face looked dowie. The skin unner his een had come oot in anither ring. His eebroos were slidderin apairt like oobits that had fawin oot wi each ither. Even his clarty auld reid bunnet seemed mair hingy and mair dowie than usual.

'It's ower dangerous,' Joel said, his braith reekin o soor cloodberries. 'And I'm no jist talkin aboot bears . . . There will be mony nichts sleepin oot in the cauld. Finland is a muckle country. A hunner mile north o here, there is a clachan cawed Seipäjärvi. Ayont that, nothin but frozent muirs and lochs and snaw-covered fields. Even the forests are frozent. And by the time ye rax Lapland, scran – even mushrooms – will be haurd tae find. And then the journey gets even mair difficult. Which is why naebody has ever made it tae the Faur North.'

Tears filled Nikolas's een, but he wis determined no tae greet. He glowered at his faither's haun, and the missin hauf fingir. 'Sae hoo dae ye ken *you'll* mak it?'

'There's sax ither men. Guid strang men, I'm telt. We hae as guid a chaunce as onybody.' He gied his kenspeckle runkly-eed smile. 'It will be warth it. I promise ye. We'll mak a lot o siller on this expedition, which means we will never hae tae hae wattery mushroom soup and foostie breid again.'

Nikolas kent his faither wis sad, and didnae want tae mak him feel ony warse. He kent he had tae be brave.

'I'll miss ye, Da . . . But I unnerstaund that ye hae tae go.'

'Ye're a bairn o the forest,' Joel said, his voice tremmlin. 'Ye've a stoot hert. But mind, stey awa fae danger. Ye hae tae watch yer curiosity. Ye hae ower muckle courage . . . I'll be back by September, when the weather turns cauld. And we'll eat like the king himsel!' He held up a piece o dry rye breid wi a scunnered face. 'Sausages and fresh buttered breid and moontains o blaeberry pie!'

'And cheese?' wunnered Miika, but naebody heard.

Blaeberry pie! Nikolas near passed oot at the thocht. He wis that stervin that the idea o the sweet purpie berries burstin tae brek oot o mooth-watterin pastry seemed like heiven itsel. He'd wance tastit a blaeberry, and it had been mairvellous, but awbody kent that the wey tae mak somethin even mair mairvellous wis tae pit it in a pie. But then he became dowie again, and a thocht occurred tae him. Nae wey Joel – that wis feart whiles tae let Nikolas oot o his sicht – wid let him be on his ain.

'Wha's gonnae look efter me?'

'Dinnae worry!' said Joel. 'I'll write tae ma sister. She'll keep ye safe.'

Sister! Och naw. This wis even warse. It wis bad eneuch spendin the haill o Christmas efternoon wi Auntie Carlotta, never mind spendin three haill months wi her.

'It's aw richt. I can be on ma ain. I'm a bairn o the forest, ken? I can . . .'

Noo his faither interruptit him. 'Naw. It's a dangerous warld. And ye're still a wean. Ye ken fine whit happened yesterday. Auntie Carlotta is a lanely woman. She's a lot aulder than me. She's really an auld lady noo. She's forty-twa. Haurdly onybody lives tae be forty-twa. It'll be guid for her tae hae somebody tae look efter.'

He looked at his son for a lang while afore brekkin the final bit o bad news. 'Och, and I'll need tae tak yer sleigh. Anders thocht it wid be usefu. Tae haud oor . . . supplies. And onywey, it is simmer! The snaw's ower thin on the groond aroond here.'

Nikolas noddit. He couldnae think o an answer.

'Ye'll aye hae yer tumshie-doll.' Joel pointit tae the dowie-lookin neep wi a face cairved oot o it that wis sittin aside Nikolas's bed.

'Aye,' said Nikolas. He supposed that for a tumshie-doll, it wis a guid yin.

Mibbe it wis the best doll made fae a foostie, honkin tumshie in the haill o Finland. 'That's richt. I still hae that.'

And sae, ten days efter, on a cauld but sunny mornin, Nikolas watched his faither gang awa.

Joel wis wearin his reid bunnet, cairryin his aixe on his back and pouin the widden sleigh ahint him. He heidit aff unner a pink lift, through the tall pine trees, tae meet the ither men in Kristiinankaupunki.

And then, efter that, the *really* awfie things sterted tae happen.

The Arrival o Auntie Carlotta

Even at a time when maist aunties were soor-faced scunners, Auntie Carlotta wis *particularly* awfie.

She wis a tall skinnymalinkie woman that wore gray claes, had white hair and a lang crabbit face and a tottie wee mooth like a full stap. Awthin aboot her, even her voice, seemed as cauld as frost.

'Noo,' she said, crabbitly, 'it is important we hae some rules. The first rule is that you must get oot yer bed wi the sun cams up.'

Nikolas gowped. This wis horrible. Finland wis in simmer! 'But the sun cams up in the middle o the nicht!'

'The second rule is that ye dinnae answer me back. Ever. Especially aboot the first rule.'

Auntie Carlotta looked at Miika, that had jist sclimmed up the table leg and wis noo scuddlin ower the table lookin for crumbs. She seemed scunnered.

'And the third rule,' she said, 'is nae rats!'

'He's no a rat!'

But it wis ower late. She had huckled Miika the moose by his tail and cairried the strauchlin craitur tae the door, which she opened, afore flingin him ootside.

'Haw! Ye cannae dae that!' shoutit Miika, at the tap o his voice. But as the tap o Miika's voice wis naewhaur near the *bottom* o maist folk's voices naebody heard him. She steekit the door, snowked the air and her een landit on the tumshie-doll aside Nikolas's bed.

She picked it up, haudin it awa fae her neb. 'And nae honkin foostie vegetables either!'

'It's a doll. Look. It's got a coupon!'

'Weel, on second thochts, I'll hing on tae it. Micht tak ma mind aff the reek o you.'

Auntie Carlotta regairded Nikolas wi even mair scunner than she had shawn the foostie neep. 'I'd forgotten hoo muckle I *hate* bairns. Especially laddies. They mak me . . . *boak*. It's becomin as clear as the air. Ma glaikit nine-fingired brither has been ower saft wi you.'

She looked aroond the wee wan-roomed bothy. 'Dae ye ken why I've come?' she spiered. 'Did he tell ye?'

'Tae look efter me.'

'Ha! Ha! Hahahahaha!' Her lauch flichtered oot o her, fast and frichtnin, like bawkie birds fleein oot o a cave. It wis the first and last time he wid ever hear her lauch. 'Tae look efter ye! Och, that's a guid ane. Awfie *funny*. Whit a warld ye must bide in, tae think folk jist dae guid things for nae reason! Dae ye really think I cam here because I *cared* aboot you? Naw.

I didnae cam here for a shilpit, manky eejit o a bairn. I cam here for the siller.'

'The siller?'

'Aye. Yer faither has promised me five hunner rubles on his return. I could buy masel five cottages wi that.'

'Whit wid ye need five cottages for?'

'Tae mak mair siller. And then mair siller . . .'

'Is siller aw that maitters?'

'Spoken like a richt manky wee mink ! Noo, whaur dae you sleep?'

'There,' said Nikolas, pointin first at his bed

and then tae the ither end o the room. 'And that's whaur Da sleeps.'

Auntie Carlotta shook her heid. 'Naw.'

'I dinnae unnerstaund,' said Nikolas.

'I cannae hae you in here, seein me in ma knicky-tams! And whit's mair, I hae an awfie bad back. I need baith mattresses. Ye dinnae want it gettin ony warse, dae ye?'

'Naw, I widnae want that,' said Nikolas.

'Guid. Sae aye, you will sleep ootside.'

'*Ootside?*'

'Aye. Ootside. Fresh air is guid for the sowel. I never unnerstaund why bairns want tae be in the hoose aw the time these days. I ken it's vernear the nineteenth century, but gie me peace. Gaun. Oot! It's gettin daurk.'

Sae that nicht, Nikolas lay on the gress ootside his hoose. He had taen his mither's auld winter coat tae sleep unner, and lay on the saftest bit o gress he could find, atween twa tree scrags his faither had chappit years syne, but there were ayewis peebles somewhaur unner his back. The wund blew. He watched Auntie Carlotta in the distance hunker ower the hole in the groond, howkin up her petticoat tae gang tae the toilet, and he hoped she'd faw in, then hated himsel for thinkin that. She gaed back intae the warm bothy, and he chittered unner a lift fu o skinklin stars, as he cooried intae his foostie tumshie for comfort. He sterted tae think aboot the unfairness o the universe, and wished there wis some wey o makkin it fair again. And as he thocht, Miika creepit ower and jined him, crowlin ower his airm and restin on his chist.

'I feel hert-sorry for Auntie Carlotta,' he said. 'It cannae feel braw tae be that soor-faced. Can it?'

'I dinnae ken,' said Miika.

Nikolas gawped up at the nicht. Even though he had nothin muckle tae be happy aboot, he liked tae hae sichts like yon tae look at. A shootin staur scuddit through the lift.

'Did ye see that, Miika? It means we hae tae mak a wish.'

Sae Nikolas wished for a wey tae replace meanness wi guidness.

'Dae you believe in magic, Miika?'

'I believe in cheese. Does that coont?' said Miika.

There wis nae wey o Nikolas kennin for shair if the moose did or didnae believe in magic but, comfortit by hope, Nikolas and his wee moosie freend managed tae faw slawly and gently asleep, as the cauld breeze kept blawin and whusperin aw the unkent secrets o the nicht.

Rummlin Wames and Ither Nichtmares

Nikolas slept ootside aw simmer.

He spent ilka day – as Auntie Carlotta had telt him tae dae – lookin for scran, fae first licht till gloaman. Wan day he saw the bear again. The bear stood upricht. But Nikolas waitit. Steyed calm. *Be the forest.* The bear stood there, peacefu and frichtsome aw at wance. The bear that had chased his mither towards the well. But he couldnae hate this craitur.

'Look at me,' said Nikolas. 'I'm skinny as a skelf. Nae meat on ma banes.' The bear seemed tae agree, and shauchled awa on aw fowers. Wis there a mair unlucky laddie in the warld? Aye, there wis. There wis a laddie cawed Gatu that bade in India wha'd been struck by lichtnin while daein the toilet in a burn. That wisnae funny. But still, it *wis* a dreich joyless time for Nikolas. Auntie Carlotta wis never happy wi the mushrooms and herbs he brocht hame. The ainly real comfort – apairt fae Miika – wis in coontin doon the days and weeks and months till his faither returned, which he did by scartin lines in the pine tree nixt tae the bothy.

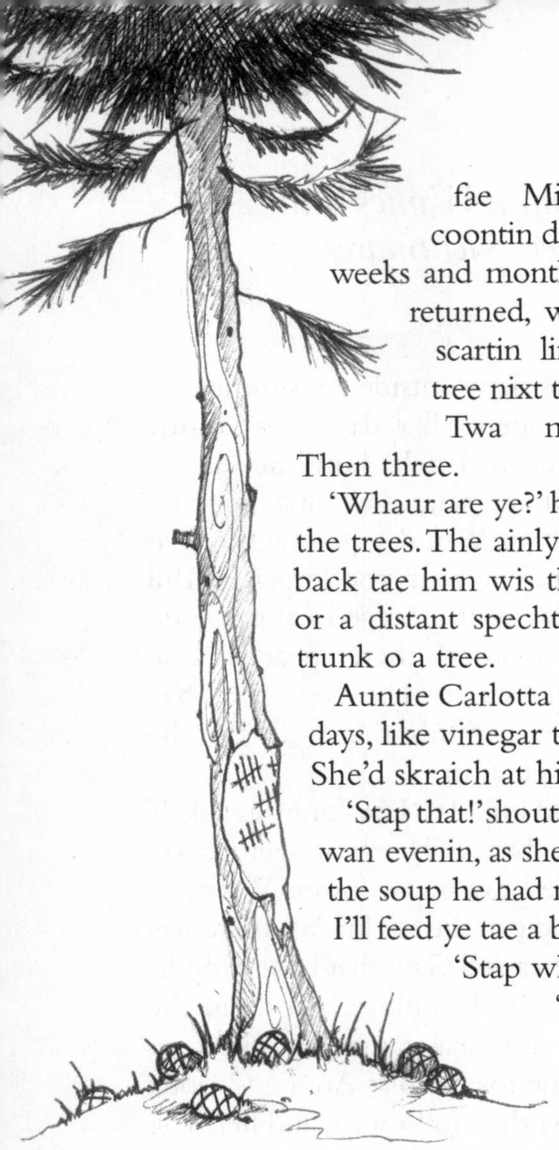

Twa months passed. Then three.

'Whaur are ye?' he'd spier, amang the trees. The ainly soond that cam back tae him wis that o the wund, or a distant specht chappin at the trunk o a tree.

Auntie Carlotta got warse wi the days, like vinegar turnin mair soor. She'd skraich at him for nothin.

'Stap that!' shoutit Auntie Carlotta wan evenin, as she slaiggered doon the soup he had made for her. 'Or I'll feed ye tae a bear.'

'Stap whit?'

'Thae awfie noises comin fae inside yer scunnersome body.'

Nikolas didnae ken whit she wis haiverin at.

The ainly wey tae stap a rummlin belly wis by eatin, and as wi maist days he'd ainly foond eneuch mushrooms for Auntie Carlotta tae hae soup. And the wans he'd slippit intae his mooth in the forest hadnae been eneuch.

But then, Auntie Carlotta smiled. A smile on her face wis an unco thing tae see, like a bananae in the snaw. 'Aw richt, ye can hae some soup.'

'Och thank you, Auntie Carlotta! I'm sae hungry and I love mushroom soup.'

Auntie Carlotta shook her heid. 'As ye ayewis mak me soup I thocht I wid repey the favour. Sae, while ye were oot in the forest, I made some soup jist for you.'

Miika wis lookin through the windae. 'Dinnae eat it!' he squaiked in vain.

Nikolas looked worrit as he glowered doon at the daurk gray-broon glabber. 'Whit is it made wi?' he spiered.

'Love,' said Auntie Carlotta.

Nikolas kent she had tae be haein him on. Auntie Carlotta couldnae love ony mair than an ice-shoggle could love. That's no fair tae ice-shoggles. Ice-shoggles melt. Auntie Carlotta wis as frozent as a frozent thing that wis gey frozent and widnae ever melt.

'Gaun then. Get it doon ye.'

It wis the maist honkin thing he had ever tastit. It wis like eatin glaur and clart and watter fae a dub. But he could feel Auntie Carlotta watchin him, sae he kept eatin.

Auntie Carlotta's cauld gray een gart Nikolas feel a hunner times smawer than he wis as she said whit she'd said a hunner times awready, 'Yer faither's glaikit.'

Nikolas didnae answer her back. He jist kept sookin awa at the bowfin soup, feelin mair and mair seik.

But Auntie Carlotta wisnae gonnae lea it there. 'Awbody kens there are nae sic things as elves,' she said, slaverin as she spoke. 'Yer faither is a glaikit thick-heidit wean tae believe things like yon. I'd be awfie surprised if he's aye alive. Naebody has ever been tae the Faur North and returned tae tell the tale. I wis that stupit, comin here, waitin on five hunner rubles that winnae ever arrive.'

'Ye can ayewis go hame.'

'Och awa. I cannae noo. It's October. The nichts are fair drawin in. And I cannae walk ten mile in this weather. I'm here aw winter noo. For Christmas. No that I gie a hoot for Christmas. It's a hatefu time o year.'

He couldnae listen tae that.

'Christmas is braw,' Nikolas said. 'I love Christmas, and dinnae even care that it's the same day as ma birthday.' He wis gonnae say 'The ainly thing that spiles Christmas is you' but he thocht he'd better no.

Auntie Carlotta seemed genuinely dumfoonert. 'Hoo can you, a mawkit clarty mitherless laddie, love Christmas? If ye were a rich merchant's son in Turku or Helsinki then I could unnerstaund it, but ma brither has ayewis been ower puir tae buy ye a present!'

Nikolas felt a reid bleeze o anger kittle his skin. 'It wis ayewis magical. And I wid raither hae a toy that wis made wi love, than wan that cost hunners o money.'

'But the ainly thing he ever made ye wis the sleigh. He wis ayewis ower busy warkin.'

Nikolas thocht o his auld tumshie-doll and wunnered whaur it wis. It wisnae aside the door whaur he had left it.

'Yer faither is a leear.'

'Naw,' said Nikolas. He had feenished the soup but noo felt awfie no weel.

'He promised ye he'd cam back. He telt ye that elves were real. Twa lees, richt there . . . Onywey, I'm wabbit noo,' said his Auntie. 'It's time for ma bed. Sae, noo that ye've feenished yer soup, if ye can kindly get oot o ma sicht that wid mak me as happy as the Queen o Finland. This is ma hoose noo. I am yer guairdian. Sae I'd stert daein exactly whit I say, exactly as I say it. Get oot. Gaun.'

Nikolas stood up, his belly bealin. He keeked aroond the room. 'Whaur's ma tumshie-doll?'

Auntie Carlotta smiled. It wis a proper smile, and wan that wis soon turnin intae a lauch. And then she said it.

'Ye've jist eaten him.'

'Whit?'

It taen a second. Naw. Twa seconds. Mibbe three. Three and a hauf. Actually, naw. Jist three. But then Nikolas realised whit she had jist said. His ainly toy in the warld wis noo in his wame.

He ran ootside and boaked up in the cludgie hole.

'Whit did ye dae that for?' he spiered in disbelief, fae ootside. 'Ma maw made me that!'

'Weel, she's nae langer here, is she?' said Auntie Carlotta, through the wee windae which she had opened tae get a better view o Nikolas being seik. 'Thank the Lord. Used tae nip ma heid, listenin tae her bad singin aw day. I jist thocht it wis aboot time for ye tae growe up and lea yer silly toys ahint.'

Nikolas had feenished. He gaed back inside. He thocht o his mither. He thocht o her haudin ontae the chyne that held the bucket as she tried to escape the bear. Hoo daur Auntie Carlotta say ill-trickit things aboot her? There wis ainly the wan option noo. Tae rin awa. He couldnae stey here wi Auntie Carlotta. He *wid* prove his faither wisnae a leear, and there wis ainly wan wey tae dae it.

'Cheerio, Auntie Carlotta,' he said, jist a whusper, unner his braith, but he meant it. He wis gaun. He wis gonnae find his faither. He wis gonnae see the elves. He wis gonnae mak awthin aw richt.

An Awfie Short Chaipter wi a Lang Title in which Jist Aboot Hee-Haw Happens

Auntie Carlotta haivered somethin and didnae look back at him as she sclimmed intae her bed wi the twa mattresses.

Nikolas took some o the foostie breid lyin on the table, stapped it intae his pooch, and gaed ootside, intae the cauld nicht. He wis wabbit. His wame still ached and his tongue tastit o mingin neep but he had somethin else and aw – *smeddum*. Aye. He wis gaun tae stert the walk tae the Faur North.

Miika wis nabblin on a dry leaf.

The moose, he supposed, wis the closest thing he had tae a freend.

'I'm gaun tae the Faur North. It'll be an awfie lang and dangerous journey. There's an awfie high chaunce o daith. I think ye should stey here, Miika. It'll be warmer, but if ye want tae come wi me, gie me a signal.'

Miika keeked, anxiously, at the door tae the bothy.

'Ye dinnae hae tae stey richt *here*,' Nikolas telt him. 'Ye hae the haill forest.'

Miika glisked at the haill forest. 'But there's nae cheese in the forest.'

Nikolas still couldnae speak moose, but kind o warked oot whit he wis on aboot. 'Sae are ye comin wi me or no?'

Miika jinked up on his hin-legs and, though Nikolas couldnae be entirely shair, it seemed that the moose noddit his wee heid. And sae he picked him up and pit him in his left-haun coat pooch.

Then, wi Miika keekin oot at the road aheid, Nikolas turned and heidit north through the trees, towards the place he thocht he micht find his faither and the elves, and tried his haurdest tae believe in baith.

The Auld Wife

He walked aw nicht and aw the nixt day. He kept an ee oot for the tall broon bear, and saw paw prents in the groond, but no the craitur itsel. He walked tae the edge o the pine forest and follaed the path aroond the banks o Loch Blitzen. The loch wis sae muckle and the watter sae pure and still, that it wis a perfect mirror o the lift.

He traivelled for days and nichts. He spottit Elk and, aye, on twa occasions he did see mair bears. Bleck bears. And wance he had tae sclim a tree and wait an oor up in the brainches for wan o the bears tae gie up and stramp awa in the snaw. He slept cooried aroond the roots o trees, wi Miika in his pooch or on the groond aside him. He lived aff mushrooms and berries and fresh caller watter.

He kept himsel gaun by singin Christmas tunes tae himsel, even though it wis naewhaur near Christmas, and when he wis burstin, made wee yella holes in the snaw. He imagined being rich and waukin up on Christmas Day, haein aw the toys in the toyshop. Then he imagined somethin faur better – giein his faither a cuddie and cairt.

But aw the time, as he walked, it grew caulder. Whiles his feet were sair. Whiles he gaed hungry, but he wis determined tae keep gaun.

At lang last he passed through the clachan cawed Seipäjärvi that his fatiher had telt him aboot. It wis jist wan street fu o wee widden hooses, paintit reid. He walked alang the street.

An auld wife wi nae teeth, boo-backit ower a walkin stick, wis comin alang the

road. In Nikolas's smaw experience ilka clachan ayewis had tae hae wan auld toothless sowel, walkin aroond fleggin streengers, sae he wis pleased that Seipäjärvi wis nae exception.

'Whaur gang ye, mysterious laddie, wi a moose in yer pooch?' she said.

'North,' is aw he telt her.

'Tae look for cheese,' addit Miika, wha still hadnae really got the point o the journey.

The auld wife wis gey weird, but no weird eneuch tae unnerstaund moose language, sae she jist looked at Nikolas and shook her heid.

'No north,' she said, her face peeliewally as a sheet. (A peeliewally sheet, like.) 'Gang east,' she said, 'or sooth, or west ... Ainly a cloon wid gang north. Naebody bides in Lapland. There is nothin there.'

'Weel, I must be a cloon then,' said Nikolas.

'Nothin wrang wi cloons,' said a Cloon, wi wee bells on his shuin, that wis passin by.

'The thing is, I'm lookin for ma faither. He's a widdcutter. He's cawed Joel. He wears a reid hat. He has awfie tired een. He ainly has nine and a hauf fingirs. He wis wi sax ither men. They were on their wey tae the Faur North.'

The auld wife looked him up and doon. Her face runkled like a map. And speakin o maps, she poued oot somethin hauf-faulded fae her pooch and haundit it tae him.

A map.

'There wis some men, aye, noo I think aboot it . . . Seeven o them. They cam through at the stert o the simmer. They had maps.' Nikolas felt a stoond o excitement. 'They drapped this ane.'

'Hiv they been back?'

The auld wife shook her heid. 'I tell ye. The anes that gang north dinnae return.'

'Weel, thank you, thank you verra muckle,' said Nikolas. He tried tae smile tae hide his worry. He had tae gie her somethin and it wid hae tae be berries, as he didnae hae muckle else. 'Please, please hae thir berries.' The auld wife smiled in return and Nikolas saw her gums were broon and rotten.

'Ye're a guid laddie. Tak ma shawl. Ye'll need aw the warmth ye can get.'

And Nikolas, wha could feel that even Miika, though relatively warm inside his coat pooch, wis stertin tae chitter, taen the gift and thanked her again and gaed on his road.

ROUTE TAE THE FAUR NORTH

On and on he gaed, follaein the map, ower muirs and ice-covered lochs and snaw-covered fields and forests fu o spruce trees.

Yin efternoon, Nikolas sat doon unnerneath ane o the snawy spruce trees and had a neb at his feet. They were bealin wi blisters. The ainly bits o skin that werenae bealin wi blisters were bricht reid. And his shuin, that had been bauchled tae stert wi, had mair or less fawn tae bits.

'It's nae use,' he telt Miika. 'I dinnae think I can cairry on. I'm ower wabbit. It's ower cauld gettin. I doot I'll hae tae go hame.'

But even when he said that word – '*hame*' – he realised that he didnae hae wan. There wis the bothy in the pine forest. But that wisnae hame ony mair. No wi Auntie Carlotta bidin there. No when he wisnae even able tae sleep in his ain bed.

'Listen, Miika,' he said, feedin the moose a mushroom as he sat doon by a tree. 'It micht be best for you if ye steyed in this forest. Tak a look at the map. I dinnae ken if we'll mak it.'

Nikolas and Miika gawped at the map, but the path they had tae follae wis merked by a dottit line that looked like fitsteps in the snaw.

The map had nae straicht lines on it. It wis jist wan lang, curvin path, snoovin through forests and aroond lochs, towards a muckle moontain. He kent the moontain wis muckle because it wis cawed, on the map, 'Awfie Muckle Moontain'.

He liftit the moose oot o his pooch and pit him on the groond. 'Gaun, Miika. Ye'll hae tae lea me. Look, there's leaves and berries. Ye'll be able tae bide here. Gaun. Awa ye go.'

The moose keeked up at him. 'Leaves and berries? Dinnae talk tae me aboot leaves and berries!'

'I'm tellin ye, Miika, it's for the best.' But Miika jist crowled back ontae Nikolas's fit, and Nikolas pit the moose back in his pooch. Nikolas restit his heid on the mossy groond and poued the auld wife's shawl ower him and richt there, in the daylicht, he fell asleep.

As he slept, snaw fell.

He had a dream, aboot being a bairn, and gaun tae the hills near Loch Blitzen, and o being on the sleigh as his faither pushed him and his mither lauched. He wis sae happy, inside that dream.

There wis a scartin feelin and he woke up wi

a stert. Miika wis pawin at his chist, and squaikin wi fear.

'Whit is it, Miika?'

'I dinnae hae a scooby!' squaiked Miika. 'But it's muckle, and it's got horns on its heid!'

Syne Nikolas saw it.

The craitur.

It wis sae close that for a moment he didnae ken whit it wis. It certainly seemed muckle, fae whaur Nikolas wis sittin. But it wisnae a bear. It wis covered in daurk gray fur and had a braid strang-lookin heid. Like an elk, but definately no wan. The craitur's chist wis heavin wi deep braiths, and wisnae gray, but as white as the snaw. The beastie wis makkin unco soonds, as if it wis a grumphie crossed wi a woof. He saw the muckle velvet-haired antlers that bent and twistit like trees leanin in the wund.

Syne he realised.

It wis a reindeer.

An awfie muckle and awfie angry reindeer.

And it wis glowerin straicht at Nikolas.

The Reindeer

The reindeer stood back, lookin muckle and radge. Its daurk gray fur wis the colour o the storm cloods abune. It jouked its giant heid fae left tae richt and then up, and let oot an unco gruntlin roar, as a rummle o thunner crashed in the lift.

Miika squaiked meekly in fear. Nikolas strauchled tae his feet.

'Guid reindeer! Guid boay! Guid boay! Are ye a boay?' (Nikolas looked.) 'Aye, ye are a boay. It's aw richt. I'm no gonnae hurt ye. Okay? I'm a freend.'

The words had nae effect.

In fact they gart the reindeer lowp up ontae its hin-legs. The beastie touered abune Nikolas, and its front hooves cam within an inch fae his face, pawin the air in anger.

Nikolas backed intae a tree. His hert was poondin.

'Whit should we dae?' he spiered Miika, but

Miika clearly had nae plans he wantit tae share.

'Should we rin?' Nikolas kent there wis nae wey he wid be able tae oot-rin the reindeer. His braith whitened the air and he couldnae move for shock.

The reindeer wis a muckle heavy mass o muscle and fur and clooded nostril-braith. Through the stormy air he cam, radge, gruntlin, hechin, wi his heid doon noo and the muckle antlers pointin straicht intae Nikolas's face. This must hae been the maist muckle and the maist radgie reindeer in the haill o Finland.

Lichtnin flashed across the lift. Nikolas glisked up.

'Haud on ticht, Miika,' Nikolas said, and he lowped up, grabbin the brainch jist abune him wi twa hauns, and swingin himsel oot o the reindeer's road as thunner rummled. The reindeer stottit straicht intae the spruce tree as Nikolas heuked his leg aroond the brainch and held on even tichter. Nikolas wis hopin that the reindeer wid eventually get scunnered and lea him in peace, but the reindeer steyed there, pawin the groond and circlin the tree.

Nikolas noticed somethin.

The reindeer wis hirplin. There wis a thin broken stob o widd stickin oot o wan o its hin-legs. It had been shot wi an arra.

Puir craitur, thocht Nikolas.

Jist then, Nikolas felt the brainch crack ablow him and he keltered towards the snawy groond landin doof on his back.

'Uyah!'

A shadda moved ower him. It wis the reindeer.

'Listen,' Nikolas peched, 'I can get it oot.'

He mimed the action o pouin an arra oot o a leg. Reindeer, as a rule, arenae awfie guid at unnerstaundin mime, and sae the reindeer swung his heid aroond, his antlers scuddin intae Nikolas's ribs. This caused Miika tae gae fleein oot o his pooch heesltergowdie through the air afore stottin aff a tree.

Nikolas strauchled tae his feet, fechtin aff the pain.

'Ye're hurtit. I can help ye.'

The reindeer paused. It made a gruntlin, snifterin soond. Nikolas took a deep braith, cawed up aw the courage he had, and edged forrit. He lichtly touched the reindeer's leg, jist abune the arra. He stapped.

The arra fedders were gray. This wis exactly like the arra that had been fired at the bear. This wis an arra belangin Anders the hunter.

'They've been here,' Nikolas thocht oot lood.

He gaithered up a gowpen o snaw in his hauns, mindin hoo his da had wance helped yon elk. He clapped snaw aroond the woond, whaur the arra wis stickin intae the skin.

'This is gonnae be sair, okay? But ye'll feel better efter.'

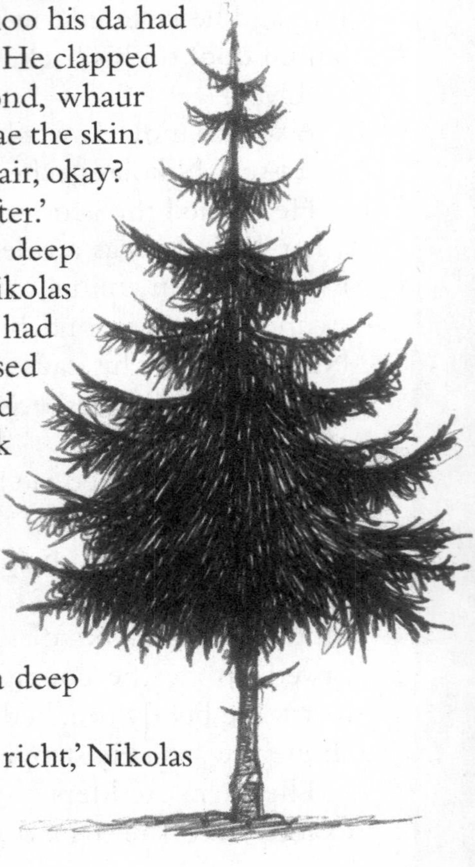

The arra wis stuck deep in the flesh, but Nikolas saw that the bluid had haurdened and realised that the arra had probably been stuck there for days, if no weeks. The puir craitur wis movin again noo, yirkin his leg fae left tae richt in pain. Then it gied a deep dowie moan.

'It's aw richt. It's aw richt,' Nikolas said as he poued the arra oot.

The reindeer chittered a wee bit fae the shock and turned, and bit intae Nikolas's thigh.

'Haw! I'm tryin tae help ye.'

And then the reindeer boued his heid and stood still for a moment, and sterted daein the toilet.

'Here,' said Nikolas, cawin up his last bit o courage. He wheeched up some mair snaw and clapped it on the woond.

Efter a couple o meenits the reindeer stapped shakkin and seemed tae calm doon. The cloods o air comin oot o its neb-holes grew smawer, and it sterted snowkin in the snaw lookin for tummocks o gress.

Thinkin that the reindeer wid finally lea him alane, Nikolas stood up on his bealin blistered frozent feet, and brushed himsel doon. Miika rin ower and Nikolas pit him intae his coat pooch. They baith keeked up and saw the mucklest brichtest licht in the nicht sky. The North Staur. Nikolas checked aroond him, and saw a muckle loch tae the east and icy muirs tae the west. He looked doon at the map. They needit tae walk directly north, in the straichtest line possible. He sterted walkin in that airt, cramshin through the smorin snaw. But efter a wee while he heard fitsteps.

The reindeer.

Ainly this time it wisnae chairgin at him. It jist tiltit its heid, the wey a dug micht.

'I dinnae like that frichtenin elk wi trees growin oot o his heid,' grummled Miika.

Nikolas cairried on walkin, and ilka time he stapped tae look back, the reindeer stapped and aw.

'Awa ye go!' said Nikolas. 'Ye dinnae want tae come wi us, I'm tellin ye. I still hae a lang wey tae go and I'm no guid company.'

But the reindeer kept follaein him. At last, efter several mile, Nikolas grew wabbit again. His legs turned tae jeely. He could see the soles o his feet through his shuin. And his heid gowped fae cauld and exhaustion. The reindeer though, in spite o his injured leg, didnae seem tired at aw. Indeed, when Nikolas wis forced tae stap and rest his legs and tak the wecht aff his blisters the reindeer walked in front o him and, seein Nikolas's worn oot shuin and injured feet, pit his heid doon and knelt on his front twa knees.

'Ye want me tae sclim on yer back?' Nikolas spiered.

The reindeer made a snorkin, groozlin kind o soond.

'Is that "aye" in reindeer? Miika, whit dae ye think?'

'I think it's a "naw",' said Miika.

Nikolas's legs were sae tired and his feet sae sair that he decided tae chaunce it. 'Ye dae realise there's twa o us? Ma moose and me. Is that aw richt?'

It seemed it wis. Sae Nikolas sclimmed on the reindeer's back, and, weel, did the ainly thing he could dae.

Hing on for dear life.

Somethin Reid

As Nikolas foond oot, ridin a reindeer is a bittie easier than ye think. It is a bit o a roch ride, but still faur better than walkin, especially walkin on bealin feet. Ken, even the rochness wis somethin that Nikolas got used tae. He sat there, haudin his haun lichtly ower his coat pooch tae help keep Miika warm.

'I need tae gie ye a name,' he telt the reindeer. 'Names micht no be important tae reindeer but they are important tae folk. Whit aboot . . .' He closed his een and he mindit the dream he'd had, o sledgin by Loch Blitzen, when he wis a bairn. '*Blitzen?*'

The reindeer's lugs pricked up, and he raised his heid. Nikolas decided that Blitzen wis a stotter o a name. 'That's whit I'm gonnae caw ye, if that's aw richt?'

And it seemed as if aw *wis* richt.

Nikolas, Miika and Blitzen traivelled thegither for whit seemed like days. It got caulder and caulder, and Nikolas wis thankfu for haein Blitzen, the auld wife's shawl, and Miika tae keep his haun warm in his pooch. He aften leaned forrit tae hug the reindeer and tae feed him fae the smaw supply o mushrooms and berries he kept in his richt-haun pooch.

At last the landscape turned aw white, and Nikolas kent they were at the bit o the map wi nothin on it. The snaw got deeper and the wund mair snell, but it didnae stap Blitzen. His strang legs and stoot frame pooered through the deepenin snaw. It became difficult tae see faur aheid amang aw the whiteness, but somethin wis lourin up on the horizon. A vast wide jaggy peak.

Finally, as the heuk o a winter muin hung like a skelf in the lift the snaw stapped fawin and they raxed the Awfie Muckle Moontain.

Nikolas gied Blitzen his second tae last mushroom, and his last ane tae Miika. He ate nothin himsel, though his belly rummled like a distant storm. The moontain seemed tae gang on for ever. The further they sclimmed, the higher it seemed tae get.

Blitzen wis stertin tae slaw doon, as if he wis finally peched oot.

'Guid boay, Blitzen,' Nikolas kept sayin, wabbitly. 'Guid boay.' He kept yin haun ower Miika tae keep him safe in his pooch and noo and again used the ither tae clap the reindeer's back.

Blitzen's feet were steppin on nothin but snaw noo and it wis gettin thicker. It wis a wunner he could keep gaun at aw.

Nikolas felt blindit by the white until at last,

hauf wey up the moontain, there wis a glint o reid, lookin like a slaver o bluid, a scaur in the snaw. Nikolas lowped aff the reindeer and strauchled through the freezin whiteness towards it.

It wis sair wark. He sank intae the snaw, knap-deep ilka time he taen a step. It wis as if the moontain wisnae a moontain but jist wan muckle bing o snaw.

At last he got ower at it. It wisnae bluid though. It wis a reid bunnet and he kent it at first glisk.

It wis his faither's reid bunnet.

The bunnet he had made fae a reid cloot, and a fluffy white cotton toorie.

It wis cauld and frozent and claggered wi poodery snaw but there wis nae doot whit it wis.

Nikolas felt a deep, stobbin anguish stoond through his puggled body. He wis feart the worst had happened.

'Da!' he shoutit ower and ower again. He howked wi his hauns in the snaw. 'Da! Da!'

He tried tae tell himsel that findin his faither's bunnet didnae mean onythin. Mibbe it had jist blawn

aff his faither's heid and he had been in a hurry and hadnae been able tae find it again. Mibbe. But when yer banes ache wi cauld and when ye are stervin wi hunger, it is haurd tae keep lookin on the bricht side.

'Da! Daaaaaaa!'

He steyed there, howkin the snaw wi his bare hauns, until shakkin and frozent he finally burst oot greetin.

'It's nae use!' Nikolas telt Miika, wha wis keekin oot o his coat pooch, his wee chitterin heid bravin the cauld. 'It's nae use at aw. He's probably deid. We hae tae turn aroond.' He then shoutit looder, addressin Blitzen. 'We hae tae heid sooth. I'm sorry. I should never hae taen ye wi me. I shouldnae hae brocht either o ye. It's ower roch and ower dangerous, even for a reindeer. Let's gang back whaur we come fae.'

But Blitzen wisnae listenin. He wis walkin awa, strauchlin through the thick snaw, sclimmin further up the moontain.

'Blitzen! Ye're gaun the wrang wey! There's nothin for us there.'

But Blitzen aye kept walkin. He turned his heid, as if to tell Nikolas tae keep gaun. For a moment, Nikolas thocht aboot steyin still.

Jist steyin there tae the snaw happit him and tae he wis – like his faither – pairt o the moontain itsel. There seemed nae point in gaun forrit or back. He realised hoo stupit he had been tae lea the bothy. Hope finally dreebled awa.

It wis that cauld his tears froze on his face.

He kent it widnae tak him lang tae dee.

Chitterin, he watched Blitzen sclim.

'Blitzen!'

He closed his een. He stapped greetin. Waitit on the chill tae lea his banes and peace tae cam at last. But in a maitter o meenits he felt a gentle, couthie nudge against his lug. Openin his een he saw Blitzen's unblinkin een ahint a clood o warm braith, lookin at him in a wey that made him think that he unnerstood awthin.

Whit wis it that gart Nikolas sclim back on the reindeer?

Wis it hope? Wis it courage? Wis it jist he needit tae feenish whit he had sterted?

Wan thing is certain. Nikolas felt somethin stertin tae burn inside him, weak and wabbit and cauld and hungry and dowie as he was. He taen a haud o his faither's bunnet, shook aff the loose snaw and pit it on his heid, and sclimmed back ontae the reindeer. And the reindeer – wabbit and cauld and hungry as *he* wis – cairried on walkin up that moontain. Because that is whit moontains are for.

The End o Magic

If ye keep on sclimmin a moontain ye will eventually rax the tap. That's the thing wi moontains. Nae maitter hoo muckle they are, there is aye a tap. Even if it taks ye aw through the wan day and aw through the nixt nicht ye will usually get there, if ye keep it in yer heid there's a tap. Weel, unless the moontain is in the Himalayas, in which case the moontain jist keeps on gaun and even though ye ken there is a tap ye freeze tae daith and aw yer taes faw aff afore ye get there. But this wisnae *that* muckle a moontain. And Nikolas's taes didnae faw aff.

He, Blitzen and Miika cairried on, as green curtains o licht filled the nicht sky.

'Look, Miika, it's the Northern Lichts!'

And Miika stood on his hin-legs in Nikolas's pooch, and glowered up, and saw the vastness o the lift wis filled wi bonnie, unco, ghaistly licht. Tae be honest, Miika didnae care. Beauty means nothin tae a moose, unless it wis the beauty o the creamy yella-ness or blue veins o a muckle kebbock o cheese. Sae as soon as Miika pit his heid oot o Nikolas's pooch he cooried back doon again.

'Is that no wunnerfu?' said Nikolas, gawkin up at the aurora, which looked tae him like somebody wis skailin bricht green stoor across the heivens.

'Warmth is wunnerfu,' said Miika.

By peep o day, they raxed the tap o the moontain. And though the lift wis blue and the Northern Lichts had dwyned, there wis still a lowe. Jist further doon noo, in the glen ayont the moontain. And this aurora wisnae jist ivry kind o green, it wis ivry colour o a wattergaw. Nikolas keeked at the map, tryin tae recognise ony o the landscape. Ayont the moontain, the elf clachan wis supposed tae be there, visible, but there wis nothin but a snaw-filled muir o land leadin towards the horizon. Actually, naw. There wis some hills in the distance, tae the northwest, wi tall pine trees, but there wis nae ither sign o life.

They cairried straicht on heidin north, towards the bonnie coloured lichts, doon the moontain, trauchlin through the licht-filled air.

It wis no real hoo quickly Nikolas's speerits fell. On tap o the moontain, awthin had seemed possible, but noo, trauchlin through thick snaw, he wis gettin worrit again.

'I think I'm gaun mad,' Nikolas said. His hunger wis stertin tae be sair, as though there wis somethin livin, groolin and movin, inside his wame. He poued his faither's bunnet doon ower his lugs. They walked on, through the snaw, which wis stertin tae thin a little, but aye felt heavy, and through air reekie wi reid and yella and green and purpie. Nikolas could sense that somethin wis wrang wi Blitzen. He wis slawin, and his heid kept drappin that faur doon Nikolas couldnae see his antlers.

'Ye need tae sleep, I need tae sleep,' said Nikolas. 'We'll hae tae stap.'

But Blitzen didnae stap. He kept gaun. Yin shooglie step efter anither until his knaps buckled and he cowped intae the snaw.

Dunt.

Nikolas wis trapped unner him. And Blitzen, ane o the maist muckle reindeer there had ever been, wis heavy. Miika crowled oot o Nikolas's pooch and skeltered ower the snawy groond, roond tae Blitzen, scartin at his face tae try and wauk him.

'Blitzen! Wauk up! Ye're on ma leg!' shoutit Nikolas.

But Blitzen wisnae for waukin up.

He could feel his leg gettin crushed. The pain gowped fae his ankle through his haill body, until there wisnae muckle else tae think aboot. Jist pain. He tried pushin against Blitzen's back, and tae pou his leg oot. If Nikolas hadnae been sae weak and hungry he micht hae been able tae free himsel. But Blitzen wis gettin heavier and caulder aw the time.

'Blitzen!' yowled Nikolas. 'Blitzen!'

He realised he could jist dee here and naebody wid ken or care. Terror filled Nikolas

wi a new kind o cauld, as the unco lichts kept flittin in the air aroond him. Reid, yella, blue, green, purpie.

'Miika, go . . . I doot I'm stuck here . . . Gaun . . . Get . . .'

Miika looked aroond, worrit, but then saw somethin. Somethin Nikolas's human een couldnae see.

'Whit is it, Miika?'

Miika squaiked an answer that Nikolas couldnae unnerstaund.

'Cheese,' said Miika. 'I smell cheese!'

Ken, there wis nae cheese tae be seen, but that didnae stap Miika. If ye believed in somethin ye didnae need tae see it.

And sae the moose ran and kept rinnin. The snaw, though smorin, wis licht and poodery and evenly spreid on the groond, and Miika was movin fast, plooin through it, heidin north.

Nikolas watched his moose freend become a dot and then disappear awthegither. 'Guidbye, ma freend. Guid luck!'

He liftit his haun tae wave. His fingirs were that cauld they had turned a deep, daurk purpie. It felt as if they were burnin up. His wame gowped wi cramp. His leg, squeezed atween the wecht o a reindeer and the wecht o the warld, wis in agony. He closed his een, and imagined a muckle feast. Ham, gingerbreid, chocolate, cake, blaeberry pie.

Nikolas lay back in the snaw and felt whummled by exhaustion, as though life wis leain him and aw.

Miika had disappeart. And then Nikolas felt sae awfie that he said somethin jist as awfie. The verra warst thing that onybody can ever say. (Close yer een and lugs, especially if ye're an elf.)

'There is nae magic,' he whuspered, hauf gyte. And, efter that, awthin became daurkness.

Faither Topo and Wee Noosh

There were voices in the daurk . . .

'Kabeecha loska! Kabeecha tikki!' said wan voice. It wis an unco voice. Smaw, gleg and high-pitched. A lassie's voice, mibbe.

'Ta huuure. Ahtauma loska es nuoska, Noosh.' This second voice wis slawer and deeper, but still unco. It wis awmaist like singin.

Wis he deid?

Weel, naw. No yet. But he wisnae alive either, and if they had foond him and Blitzen even jist a meenit efter then they wid hae foond twa deid bodies.

The first thing Nikolas noticed wis the warmth.

It felt like a kind o warm syrup wis poorin intae him fae the inside. He didnae yet feel the smaw haun pressed against his hert, but he could aye hear the voices, even if they did soond a million mile awa.

'Whit is it, Granda?' said the high-pitched

voice, which noo – even mair weirdly – Nikolas could unnerstaund ilka word, as if it wis his ain language.

'It's a laddie, Noosh,' said the ither.

'A laddie? But he's taller than you, Granda.'

'That's because he's a special kind o laddie.'

'A special kind? Whit kind?'

'He's a human,' the deeper voice said, cannily.

There wis a gowp. 'A *human*? Is he gonnae eat us?'

'Naw.'

'Should we rin awa?'

'It's gey safe, I'm shair. And even if it's no, we must never let fear be oor guide.'

'Look at his weird lugs.'

'Aye. Human lugs can tak a lot o gettin used tae.'

'But whit aboot whit happened tae . . . ?'

'C'moan, Wee Noosh, we cannae think o that. We ayewis hae tae help the anes that are in trouble . . . Even if they are human.'

'He looks awfie.'

'Aye. Aye, he does. That is hoo we hae tae dae awthin we can, Noosh.'

'Is it warkin?'

'Aye.' An eemock o worry cam intae his voice. 'I believe it is. And on the reindeer and aw.'

Blitzen waukened and slawly rowed ower, takkin his wecht aff Nikolas, whase een were noo blinkin open.

Nikolas gowped. For a moment he didnae ken whaur he wis. Then he saw the twa craiturs, and gowped again, because that is whit ye dae if ye see elves.

The elves were baith gey short, as elves tend tae be, although wan wis taller than the ither. Nikolas could see the smawer yin wis a lassie elf. She had bleck hair and skin whiter than the snaw and shairp cheeks and pointit lugs and muckle een slichtly ower faur apairt. She wis wearin a daurk green-broon tunic that didnae look verra warm, but she didnae seem tae be cauld. The aulder, mair muckle elf wis wearin a similar-coloured tunic and a reid belt. He had a lang white mowser and white hair and a dour, but couthie look aboot him. His een skinkled like mornin frost in sunsheen.

'Wha are ye?' spiered Nikolas. But really he meant *whit* raither than *wha*.

'I am Wee Noosh,' said Wee Noosh. 'Whit's yer name?'

'I'm Nikolas.'

'And I am Faither Topo, Noosh's granda,' said the ither elf, wha wis lookin aroond him, tae see if onybody wis watchin. 'Weel, great-great-great-great-great-granda, if we're gonnae be specific. We are elves.'

Elves.

'Am I deid?' spiered Nikolas, which wis a bit o a glaikit question, as for the first time in weeks he could feel warmth poorin through his veins and excitement kittlin in his chist.

'Naw. You arenae deid,' said Faither Topo. 'In spite o yer best efforts! You are definately alive, thanks tae the guidness we foond inside ye.'

Nikolas wis dumfoonert. 'But . . . but I dinnae feel cauld. Or weak.'

'Granda warked a wee bit o magic,' said Wee Noosh.

'Magic?'

'A wee drimwick.'

'Drimwick? Whit's that?'

Wee Noosh keeked at Nikolas and then at her granda and back at Nikolas again. 'Ye dinnae ken whit a drimwick is?' she said.

Faither Topo looked doon at the wee elf lassie. 'He's fae the ither side o the moontain. There's no muckle magic whaur humans come fae.' He smiled at Nikolas and Blitzen. 'A drimwick is a hope spell. Ye jist close yer een and wish for somethin, and if ye wish in jist the richt kind o wey ye can make it happen. It's wan o the earliest spells, laid oot in the first *Book o Hope and Wunner*. That's an elf book aboot magic. I pit ma haun on you and yer reindeer freend and I wished you tae be warm, and tae be strang, and tae be ayewis safe.'

'Ayewis safe?' said Nikolas, dumfoonert, as Blitzen licked his lug. 'Yon's impossible.'

Wee Noosh gowped as Faither Topo covered her lugs. 'Elves never ever say that word.' He shook his heid. 'An impossibility is jist a possibility ye dinnae unnerstaund yet . . . but noo, ye hae tae get oot o Elfhelm,' said Faither Topo. 'And ye hae tae get oot pronto.'

'Elfhelm? The elf clachan?' spiered Nikolas. 'But I'm no even there.'

Wee Noosh lauched a lang elf lauch (which is awfie lang indeed). Faither Topo gied her a shairp look.

'Whit's sae funny?' spiered Nikolas, thinkin

that even if ye had saved somebody's life it wis still gey rude tae lauch at them.

'We are staundin on the Street o Seeven Curves,' geegled Wee Noosh.

'Whit? This isnae a street. It's the middle o naewey. There's jist snaw. And . . . sort o . . . colours.'

Wee Noosh looked at Faither Topo. 'Tell him, Granda, tell him.'

Faither Topo looked aroond tae mak shair naebody wis watchin and quickly explained. 'This is the langest street in Elfhelm. We are in the sooth-east corner o the clachan. The street winds westwards aw the wey tae the Widded Hills, ayont the fringes o the clachan.'

'Widded Hills?' spiered Nikolas. 'But I cannae see onythin. Jist colours in the air.'

'And ower there is Siller Loch and the Reindeer Field, and aw the shops on Reindeer Field Street,' said Wee Noosh, lowpin up and doon and pointin tae the north.

'Loch? Whit loch?'

'And there's Elfhelm clachan ha,' she said, pointin in the opposite airt tae nothin in particular.

Nikolas didnae unnerstaund. He stood up. 'Whit are ye talkin aboot?'

'Is he blinn?' spiered Wee Noosh.

Faither Topo looked at Nikolas then at Wee Noosh. Awfie quietly he said, 'Tae see somethin, ye hae tae believe in it. *Really* believe it. Yon's the first elf rule. Ye cannae see somethin ye dinnae believe in. Noo try yer haurdest and see if ye can see whit ye've been lookin for.'

The Elf Clachan

Nikolas looked aroond him as, slawly, the hunners o colours, flichterin in the air, became less ghaistly and mair real. Mair intense and vieve and solid. Nikolas watched as the colours that afore had been floatin as free as a gas in the air, formed themsels intae lines and shapes. Squares, triangles, rectangles. Roads, buildins, a haill clachan, kythin oot o the air. The elf clachan. They were staundin on a street fu o wee green cabins. There wis anither road, a mair muckle yin sneddin intae it fae the east. Nikolas looked doon at the groond. There wis still snaw. That hadnae chynged. He cast his een alang the wider road, heidin north in front o him. On ilka side o the road stood buildins, timmer-framed wi snaw-covered roofs. Nikolas saw that ane o the buildins had a giant widden clog hingin ootside it. Anither had a wee spinnin tap paintit ontae a sign. A toyshop, mibbe. Ayont that wis the loch Wee Noosh had telt him aboot, like an owersized oval mirror, which wis richt nixt tae a field fu o reindeer. Blitzen had noticed this, tae, and wis lookin ower wi interest.

Tae the west, afore the Widded Hills, wis a muckle roond daurk touer, pointin tae the lift. Directly tae the north wis the place that Wee Noosh had been pointin towards: Elfhelm clachan ha, made o daurk, awmaist bleck timmer. It wis by faur the maist muckle buildin in the haill clachan. No as tall as the touer (it wis ainly twa flairs high) but wide and wi aroond twinty windaes, which lowed wi licht. Nikolas could hear singin, and the smell o somethin sweet and wunnerfu wis blawin fae the direction o the ha. Somethin he hadnae smelled in ower a year. Gingerbreid. If onythin, it smelled even better than it had done ootside the baxter's shop in Kristiinankaupunki.

'Jings, Elfhelm. Ma faither wis richt, it's jist hoo he described it.'

'I like yer bunnet,' said Wee Noosh.

'Thanks,' said Nikolas. He taen the bunnet aff and looked at it. 'It's ma faither's bunnet. He wis on an expedition tae Elfhelm. I wantit tae ken if he had made it. He wis wi sax ither men. He wis cawed . . .'

But aw excitit Wee Noosh sterted talkin ower him. 'Reid is ma favourite colour! Efter green. And yella. I like ivry colour, really. But no purpie. Purpie maks me feel sad thochts. That is whaur we bide,' she telt him. She pointit towards a reid and green cabin a smaw wey in the distance.

'It's wunnerfu,' said Nikolas, 'but I wunnered tae if ye'd seen a moose?'

'Aye!' shoutit Wee Noosh. Faither Topo quickly covered her mooth wi his haun.

'Aw richt, human bairn, noo ye've seen Elfhelm, ye'd better tak yer reindeer and go,' said Faither Topo. 'Whitever ye expect tae find, it winnae be here.'

Blitzen gied Nikolas's shooder a gentle daud as if he unnerstood the new urgency in Faither Topo's voice but Nikolas steyed whaur he wis.

'I cam tae find ma faither,' he said. 'I've traivelled mair than a thoosand mile. Blitzen and I arenae jist gonnae turn aroond and gang back.'

The auld elf shook his heid. 'I'm sorry. It's no wise for a human tae be here. Ye hae tae gang back tae the sooth. It's for yer ain guid.'

Nikolas looked into Faither Topo's een and

pleadit. 'Ma faither is aw I hae. I need tae ken if he made it tae Elfhelm.'

'He could be oor pet!' suggestit Wee Noosh.

Faither Topo clapped the elf lassie on the heid. 'I dinnae think humans like tae be pets, Wee Noosh.'

'Please, I cam here in peace. I jist want tae ken whit happened tae ma faither.'

Faither Topo thocht it ower. 'I suppose, gien the season, there micht be a chaunce ye could be weelcomed in.'

This pit Wee Noosh up tae high doh. 'Let's tak him tae the ha!'

'I'll no cause ye ony trouble. I promise,' said Nikolas.

Faither Topo took a gleg glisk ower at the tall circular touer in the west. 'Trouble doesnae ayewis hae tae be caused. Whiles it's awready there.'

Nikolas had nae idea whit this meant, but he follaed the elves, as they walked in their clogs towards the widden ha ayont the loch. They walked ontae the braid shoppin street, passin a sign that declared simply 'The Main Wey', and the clog-shop, and a baxter's wi reek-stained windaes, a toy-and-sleigh shop wi a poster advertisin lessons at the Schuil o Sleighcraft.

Then he wis passin a squint bleck-tiled buildin, wi windaes made o ice. '*The Daily Snaw*' read the sign ootside.

'The main elf newspaper,' explained Faither Topo. 'Fu o fear and haivers.'

There were free copies o the newspaper piled high ootside.

'WEE KIP AYE MISSIN' wis the heidline, and Nikolas wunnered wha Wee Kip wis. He wis aboot tae spier, but though they were smaw, the elves were gleg walkers and they were awready some wey aheid. He and Blitzen were strauchlin tae keep up.

'Whit's that buildin?' he spiered. 'The tall touer?'

'Look,' said Faither Topo, chyngin the subject. 'Yon's the North Pole.' He pointit at a thin green rod stickin oot o the groond.

Wee Noosh spoke up. 'Dae ye think Faither Vodol will be kind?'

'I think it will be aw richt,' said the auld elf. 'C'moan, Wee Noosh. We elves are kind and weelcomin in oor herts. Weel, we ayewis used tae be. Even Faither Vodol kens that . . .'

THIS SEASON'S LATEST CLOGS

PRICE 2 CHOCOLATE COINS

The Daily Snaw

IVRY ELF'S FAVOURITE NEWSPAPER

WEE KIP AYE MISSIN

If its not one thing its another. Last [illegible] it was the [illegible] then the [illegible] that it was the [illegible] [illegible] [illegible] then the forest [illegible] and now this. Little Kip has been missing now [illegible] three weeks and his parents and family are devastated [illegible] [illegible] [illegible] [illegible] [illegible] among [illegible] [illegible] [illegible] contact [illegible] [illegible] Little Kip was last seen in [illegible] little [illegible] [illegible] and [illegible] in his bedroom [illegible] at night [illegible] [illegible] [illegible] [illegible]

REINDEER FLU HITS ELFHELM

[illegible] [illegible] [illegible] [illegible] if its not [illegible] its another [illegible] [illegible] [illegible] last year [illegible] [illegible] [illegible] the [illegible] [illegible] [illegible] that [illegible] [illegible] the [illegible] reindeer infection specialist Doctor Rosal von Roselberg has announced a [illegible] on all [illegible] infected stock.

CLASSIFIED ADVERTISEMENTS
ELF SCHOOL EXAM RESULTS
UP TO DATE WEATHER FORECAST.

PINE ROOTS CAUSE CLACHAN HA RAMMY

After three more weeks of underground [illegible] work pine growth appears to be at the root (no pun intended) of the village hall sewage problems. Elf Build will be [illegible] the necessary work… [illegible]

Nikolas didnae unnerstaund. 'Erm, Faither Tippo?'

'Topo.' The auld elf correctit him.

'Faither Topo, sorry. I jist wantit tae spier if . . .'

'Here ye are, Blitzen!' exclaimed Wee Noosh.

They had raxed the clear, icy loch. Jist ayont it lay an open field whaur seeven ither reindeer were blythely chowin lichen fae the trees.

'Dae ye ken if ma faither . . .'

Faither Topo ignored him and cawed oot tae the reindeer. 'Ma darlins, come here! Here's a new freend.'

Meanwhile, Wee Noosh wis back tae talkin aboot her favourite colours. 'I quite like indigo. It's bonnier than purpie. And crimson. And turquoise. And magenta.'

Blitzen stood ahint Nikolas and snoozled his shooder. 'He's a wee bit blate,' Nikolas explained tae Faither Topo.

But ane o the reindeer, a female, cam ower and gied Blitzen the gift o some gress. For a moment, Nikolas thocht he saw her feet actually lea the groond – a gap atween whaur the reindeer's body endit and whaur her shadda sterted. But mibbe he had jist imagined that.

'Ah, that's Donner,' said Wee Noosh, 'the kindest o aw.' Wee Noosh sterted pointin at aw the ither reindeer. 'And there's Comet, wi the white streak doon his back, and Prancer, he's sae funny, skippin wi Cupid. Cupid will lick yer haun aff if ye let him. Oh, and . . . and . . . and . . . the daurk wan, that's auld Vixen, she's a bit o a crabbit thing, and that ane is Dauncer, and Dasher, wha's the fastest o the lot.'

'Are ye aw richt, boay?' Nikolas spiered Blitzen, but Blitzen wis awready aff, makkin freends. Nikolas noticed that the scaur on Blitzen's leg wis noo aw healed.

Wance Blitzen wis grazin tae his hert's content, they walked on, past a sign pointin west tae 'The Widded Hills Whaur The Pixies Bide'. The music got looder, the scent o gingerbreid mair strang, and a sense o fear mixed wi an unco excitement until they had raxed the door o the auld clachan ha.

'Oh, and ye dae ken whit day it is, dae ye no?' said Faither Topo, wi a nervous smile.

'Naw. I dinnae even ken the month!'

'It's the twinty-third o December! Twa days tae Christmas. This is oor Christmas pairty. The ainly pairty we're allooed noo. But no as guid as it used tae be, because dauncin has been banned.'

Nikolas couldnae believe he had been awa that lang, but there were even haurder things tae believe, as he wis aboot tae find oot.

The Mystery o Wee Kip

If ye were an eleeven-year-old laddie o sufficient hicht, like Nikolas, ye wid hae tae dook doon tae get in through the Elfhelm clachan ha door. But wance he wis ben, Nikolas wis whummled by whit he saw. There were seeven awfie lang widden tables wi elves seated roond them. Hunners o elves. There were smaw elves and a bittie smawer elves. There were bairn elves and grown-up elves. Thin anes, fat anes, somewhaur-in-atween anes.

He had ayewis imagined that seein the elves wid be the happiest thing in the warld, but the atmosphere wis awfie dour. The elves aw belanged different groups dependin on the colour o their tunic.

'I'm a green tunic,' said Faither Topo. 'Sae that means we sit at the tap table. The green tunics are memmers o the Elf Cooncil. The blue tunics are the elves that hae specialisms, like makkin toys, sleighs or gingerbreid. And the broon tunics are elves wi nae specialism. It didnae used tae be like this. Afore Faither Vodol we aw sat thegither. That wis whit being an elf meant. Thegitherness.'

'Wha is Faither Vodol?'

'Wheesht! No sae lood. He'll hear ye.'

When Nikolas had pictur'd an elf Christmas, he had ayewis thocht there wid be singin and that there wid be hunners o sweet things tae eat. And there were sweet things tae eat – the haill place reeked o cinnamon and gingerbreid – though the elves didnae seem tae be enjoyin their scran. There wis singin and aw, but the elves were singin it in the maist doolsome voices imaginable, in spite o the joco lyrics:

Oor problems, weel, they rise and faw,
Then they jist melt awa like snaw.
As lang as we can smile and sing,
Oor problems dinnae mean a thing.
Because we can feast and we can rhyme,
We're chuffed tae bits it's Christmas time!

But naebody wis chuffed tae bits. The faces were aw sad, or soor. Nikolas didnae hae a guid feelin. He whuspered tae Faither Topo, 'Whit's the maitter? Why do they look sae unhappy?'

Afore Topo could answer, his great-great-great-great-great-granddochter proved that no *aw* elves were unhappy. She wis awready squaikin wi joy: 'It's nearly *Christmas!*'

There wis silence and a tichtenin o the air, as if the haill room wis haudin its braith. Aw the elves had noticed them noo and turned tae look at Nikolas.

Faither Topo cleared his thrapple.

'Haw, elves! It looks like we hae a special guest jist in time for Christmas! Noo, as it is Christmas time we should shaw kindness tae ithers, and I think we should aw show some guid auld-fashioned elf hospitality, even if he is a human.'

The elves gowped at the word.

'A human!' yin cried. 'Whit aboot the New Rules?' This elf, that wis wearin a blue tunic, had an unco beard. It wis strippit. He wis pointin tae a poster, rived fae the *Daily Snaw*, that wis peened tae the waw. It said: 'THE NEW RULES FOR ELVES'. And ablow this wis a lang leet o rules.

Nikolas forced himsel tae smile and wave, but there wis an awkward silence and ainly wan wee bairn elf waved back. Some o the auld elves girned and grummled tae themsels. It made nae sense. Were elves no meant tae be

freendly? Ivry time Nikolas had pictur'd an elf he had pictur'd a happy craitur, smilin, dauncin, makkin toys, and offerin gifties o gingerbreid. That wis certainly whit his faither had telt him. But mibbe the stories werenae factually correct. Thir elves jist turned and said nothin and gied him lang haurd glowers. He had never considered glowerin wis sic an important pairt o being an elf.

'Mibbe I should gang,' said Nikolas, feelin gey uncomfortable.

'Naw. Naw, naw, naw. Naw. *Naw*,' said Wee Noosh. And then, jist tae be clear: 'Naw.'

Faither Topo shook his heid. 'There's nae need for that. You can sit doon wi us. We'll find some seats at the tap table.'

The haill ha steyed quiet, listenin tae Faither Topo's clogs chappin on the tiled flair as the three o them walked the length o the room. It wis quite daurk, wi ainly five torches flichterin on ilka waw, but Nikolas wished it were daurker still, sae that he couldnae be seen. Indeed, he wished he wisnae there at aw, even though the scran on ilka table wis a sair temptation for a laddie wha had kent nothin but mushrooms and the odd cloodberry or lingonberry thir past few weeks.

Gingerbreid.
Sweet ploom soup.
Jam pastries.
Blaeberry pie.

Wee Noosh held Nikolas's haun. Her haun wis smaw, but her fingirs were lang and thin, wi wee jaggy nails. She, like mony young elves, kent guidness when she saw it. She had nae doot in her mind that, in spite o being human and haein human lugs, Nikolas wisnae somebody she should be feart o. She led him tae a seat. Hauf the elves at the table left, flegged hauf tae daith, as they saw him approach, which meant there were noo a lot o empty seats for him tae choose fae. He sat in the ane richt nixt tae Wee Noosh and as he did, the sicht o aw the hunners o delicious scran gart him forget for a meenit aw thae elf een watchin him and he picked up a bool o ploom soup fae the middle o the table and drank it in wan go, then he stappit fowre jam pastries intae his mooth, and had made a stert on a slab o gingerbreid afore he noticed an elf woman forenent him shakkin her heid at him. The elf woman had bricht blonde hair in twa plaits that stuck oot o the side o her heid horizontally in perfect straicht lines.

'We dinnae want your kind here,' she hished. 'No efter last time.'

'But he's nice!' said Wee Noosh. 'He wears a reid bunnet. Naebody that wears a reid bunnet can be a bad person! Reid is the colour o life and love and the gloamin.'

'Last time?' said Nikolas.

'Lea him alane, Mither Ri-Ri,' said Faither Topo. 'He's hermless.'

'Hermless? Hermless? O coorse he's no *hermless*. You spier Wee Kip if he's hermless ... He's human. Humans are *hermfu*.'

Anither elf – dour-faced, at anither table – piped up. 'Faither Vodol winnae be happy.'

Faither Topo thocht aboot it. 'That micht be true, Faither Dorin, but we are guid elves.' He seched.

Nikolas wis bumbazed.

'Wha's Wee Kip?' spiered Nikolas, mindin the heidline in the *Daily Snaw*.

And as he said the words 'Wee Kip' the ither elves at the table stapped eatin.

'It's probably best no tae say onythin,' hished Faither Topo.

'Can I jist spier ye wan mair thing?' said Nikolas.

'I'd jist eat yer scran and then we should mibbe . . .'

Afore Faither Topo could feenish his sentence anither elf walked towards the table. This elf wis the tallest o aw the elves, but he wis still ainly the same hicht as Nikolas wis when he wis sittin doon. He had a lang pointit neb, and a bleck beard that streetched awmaist tae his knaps, coverin his tunic, and had the kind o scunnered unsonsie face o somebody heidin intae a permanently strang, icy wund. He wis haudin a bleck widden staff as weel. Aw thae elves that were still seated aroond the table looked awa, or boued their heids, or played nervously wi their scran.

'Nae mair singin!' he said tae the ha. 'Singin leads tae a cairry-on, and a cairry-on leads tae glaikitness. Whit hiv I telt ye? And this' – he pointit a fingir at Nikolas – 'is why.'

Nikolas stapped eatin as weel and met the glower o this froonin, bleck-beardit elf. His hert began tae gowp, and a cauld sense o dreid fell ower him.

THE NEW RULES FOR ELVES

1. Ken yer place.
2. Dinnae spickle daunce.
3. Dinnae play wi toys in public.

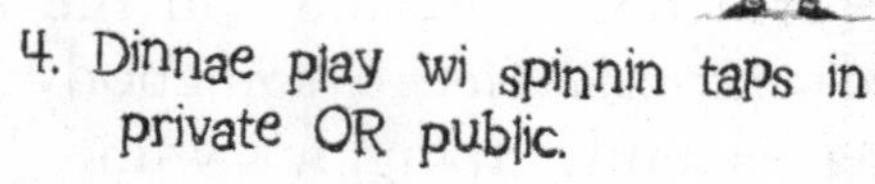

4. Dinnae play wi spinnin taps in private OR public.
5. Avoid joy and haein a cairry-on at aw times.
6. Worry mair.
7. Resist guidwill.
8. Pit yer ain interests afore ithers.
9. Dinnae talk tae pixies or trows, or ither non-elves.
10. <u>Never, nae maitter whit, let a human intae Elfhelm.</u>

An Unsonsie Encoonter

'Ah, Faither Vodol!' said Faither Topo. 'Whit a wunnerfu Christmas pairty. It is awfie guid that you, as heid bummer o the Elf Cooncil, hae made it sae . . .'

'I dinnae gie a hoot aboot Christmas!' shoutit Faither Vodol, cuttin him aff.

The ha fell intae total wheesht. And then Faither Vodol spoke again in a quiet frichtnin voice. 'Faither Topo, I need tae speak tae you, and the human. In the Cooncil Room. Noo.'

'The Cooncil Room?'

The elf raised his staff and pointit towards the stairs. 'Noo, Faither Topo. Nae delay. Gleg as a reindeer.'

Faither Topo noddit. He turned and telt Wee Noosh tae wait there and beckoned for Nikolas tae follae him. Nikolas did as he wis telt but felt a wee bit daft at haein tae dook his heid as he sclimmed up the stairs at the back o the ha, up tae a flair wi an awfy low ceiling, wi even lower timmer beams.

Nikolas follaed the elves past twa ithers in bleck claes. These were mannie elves but had nae beards. They were guairdin a door that said 'Cooncil Room'. Then Nikolas foond himsel in a room that he wis a bit ower tall for. There wis a lang table wi twinty chairs aroond it. Ilk ane o the chairs had a name cairved intae it.

'Shut the door!' said Faither Vodol, afore turnin tae Faither Topo.

'Were you no at the last meetin, Faither Topo?' he spiered, pointin tae the chair wi Faither Topo's name cairved on it.

'Aye, aye, I wis.'

'Sae ye will ken aboot the new rules for elves. Nae humans can be brocht here.'

'Weel, I didnae bring him here. I foond him. Him and his hauf-deid reindeer. A whusker fae daith, sae I . . . sae I . . .' As Faither Topo became nervous, Faither Vodol looked shairply at the elf's clogs. Efter a second, the white-haired elf wis aff his feet, floatin in the air.

'Sae ye *whit*?' spiered Faither Vodol. Nikolas noticed Faither Topo wis noo gowpin for braith, even though Faither Vodol wis naewhaur near him. Faither Topo had birled upside doon and wis noo kelterin up towards the ceiling, wi nothin haudin ontae him. Biscuits were fawin oot o his pooch. His mowser wis hingin doon ower his neb.

'Please,' Nikolas said. 'It's no his faut. He wis ainly tryin tae . . .' And then Nikolas stapped speakin, because his mooth wis steekit shut. He couldnae move his lips or his jaw. Faither Vodol micht hae been tottie but his magic wis strang.

'I did a wee hope spell,' splootered Faither Topo.

Faither Vodol's broo turned reid wi anger. 'A drimwick? On a human?'

The upside-doon elf noddit. 'Aye, Faither Vodol. I'm sorry. But it wis the ainly wey I could save him. And drimwick ainly warks on the guid, sae I thocht it wis safe. And I wis wi Wee Noosh. Whit kind o example wid it hae set if I had let him dee richt there in front o her?'

Faither Vodol shoogled wi rage. 'Dae you ken whit this means?! Ye ken that ye've gien the human gifts he shouldnae hae. I tak it ye've telt Wee Noosh whit happened tae Wee Kip!'

Nikolas tried tae speak, but his jaw wis still lockit, and his tongue lay as still as a deid fish inside his mooth.

'Naw. I dinnae want tae frichten her. I want her tae believe the best in folk. Even human folk. She sees the guid in . . .'

Faither Vodol's skin abune his beard grew reidder and reidder, like a sun settin ower a thorn bush. Furnitur shoogled, as though the haill room wis jinin in wi Faither Vodol's fury. 'Oor pooers are *no* for humans.'

'Please,' begged Faither Topo. 'Let us remember hoo things used tae be afore. We are elves. We use oor pooers for guid. Can you no mind when yer newspaper wis fu o ainly guid news?'

Faither Vodol lauched. 'It's true. The *Daily Snaw* used tae be fu o guid news. But guid news doesnae sell newspapers.'

'But guid is guid!'

Faither Vodol noddit. 'I dinnae disagree, Faither Topo. We must indeed use oor pooers for guid. Which is why we hae tae send a clear message that nae ootsiders are allooed here ony mair. We must hae strength o purpose and unity. It's lucky for oor community that naebody here has a mair strang will than the Hauder o the Staff, which is me. I wis electit, in a democratic fashion, tae rule Elfhelm as I see fit.'

Faither Topo, still strauchlin in the air, gowped, 'In fairness, Faither Vodol, it didnae hurt that you owned the *Daily Snaw*, and the newspaper gied ye its support tae get ye electit.'

'Get oot!' said Faither Vodol.

As though by force o will Faither Vodol flung puir old Faither Topo richt oot the windae. Nikolas heard a plash and rin tae see that the elf had landit in the loch ootside the buildin. He tried tae shout tae see if his new freend wis aw richt but his mooth wis still firmly sneckit.

'Noo, human, tell me why ye cam here,' said Faither Vodol.

Nikolas turned back towards the bealin bleck-bleared elf. He felt his jaw warm and saften and unlock. His tongue cam tae life again. 'I wantit tae go tae the Faur North. I wantit tae find . . .'

Whit?' Faither Vodol pit a haun in his pooch and poued oot a moose. 'This moose?'

Miika keeked at Nikolas, frichtit.

'Miika, are ye aw richt?'

'Dinnae fash, mice are weelcome here. A moose has never done us ony herm . . .'

Faither Vodol gied a smaw skirl o pain. Miika had sunk his teeth richt intae him.

Then he lowped oot o Faither Vodol's haun and scuddled ower tae Nikolas. Nikolas picked Miika up and pit him safely in his pooch.

'Weel, ye've got whit ye cam for. Noo awa ye go. Get oot o ma sicht.'

'Naw. No really. I set oot tae find ma faither,' Nikolas said.

The elf's een widened. 'Sae why did ye think he wis here?' he spiered daurkly.

'Because he wis gaun tae the Far North. He ayewis telt me you were real. Elves, I mean. And he believed in ye. And I tried tae believe in ye and aw. Onywey, he wis heidin here, wi some ithers, tae find proof that ye exist . . .' Nikolas heard his ain voice crack. He could crummle, jist like gingerbreid. 'But I dinnae ken if he ever made it here.'

The elf scartit his beard. 'Hmmm. Interestin.' His voice wis safter noo. He broke aff a corner o the roof on a gingerbreid hoose that wis in the middle o the table and ate a bit o it. He cam closer. He even gied a curious smile. 'Describe yer faither. Whit did he look like?'

'He is tall. Nearly twiced as tall as me. And he is strang, because he is a widdcutter. And he has colourfu claes that are a bit auld, and a sleigh and an aixe and . . .'

Faither Vodol's een widened. 'Tell me, oot o curiosity, hoo mony fingirs does yer faither hae?'

'Nine and a hauf,' answered Nikolas.

Faither Vodol smiled.

'Hiv ye seen him? Is he still alive?' spiered Nikolas, desperately.

Faither Vodol raised the haun haudin the staff. Nikolas saw the table rise aff the groond, alang wi the chairs, ainly tae whud doon and brek through the flair, fawin intae the dinin ha ablow, whaur the elves were aye eatin their Christmas feast. The table and chair jist missed hittin onybody and smashed ontae the flair ablow.

The elves aw gowped and could see Nikolas and Faither Vodol – wha wis noo raisin his voice for aw tae hear – still staundin in the Cooncil Room.

'Sae let me get this richt. YER FAITHER IS JOEL THE WIDDCUTTER?'

Nikolas had nothin but the truth. 'Aye.'

The elves doonstairs gowped again, ainly looder, and aw sterted talkin.

'His faither is Joel the Widdcutter!'

'His faither is Joel the Widdcutter!'

'His faither is Joel the Widdcutter!'

For a moment, Nikolas forgot whitever trouble he micht be in. 'Ma faither made it here? He actually made it tae the Faur North? Tae Elfhelm? Did ye meet him? Is he . . . is he aye here?'

Faither Vodol walked aroond the hole he had made in the flair and cam close eneuch for Nikolas tae smell the liquorice on his braith and tae see a lang thin scaur ablow his beard. 'Oh, he cam here aw richt. He wis wan o them.'

'Whit dae ye mean, wan o them? Whit did you dae tae him?'

Faither Vodol took a deep braith. He closed his een. His foreheid jibbled and runkled like watter rippled by the wund. And then he did ane o his favourite things. He did a Muckle Big Speech. And this is whit he said:

'Och, I did somethin,' he sterted. 'I *trustit* him. That wis ma greatest mistak as heid bummer o the Elf Cooncil. I listened tae the guidwill o the elves that bide here. But I kind o kent aw alang that guidwill is jist anither name for weakness. And guidwill cams fae happiness, sae I hae tried awfie haurd thir last few weeks tae spreid unhappiness. Unhappiness is awfie unner-rated, especially wi elves. For wan thoosand year, elves had been happy and joyfu. They made gifts for visitors that never cam here. They even biggit a Weelcome Touer. Whit gowks we've been! And ivry Tuesday, whaever wis heid bummer o the Cooncil wid sit doon and talk aboot Weelcomin Strategies. THERE WIS NAEBODY TAE WEELCOME!'

He paused for a meenit. Pointit tae wan o a wheen o elf portraits on the waw. A paintin o an elf wi a muckle gowden bun o hair on tap o her heid, and a muckle and couthie smile.

'Mither Ivy,' he said. 'She wis the heid bummer o the Elf Cooncil afore me. She'd been heid bummer for a hunner and seeven year. Her slogan wis "Joy and Guidwill for Aw"! It scunnered me. And no jist me . . . Mair and mair, ower the years, elves sterted tae realise it wis wrang tae live for ither folk. Sae, I pit masel forrit for election. "Elves for Elves". That wis ma motto. And I got in. It wis a skoosh. Mither

Ivy wished me weel, o coorse, and gied me a fruitcake and made me some fleece stockins. I gied her a role as Forest Trow Peace Envoy and she wis eaten afore the week wis oot. They ate aw o her apairt fae her left fit, because o some awfie bad bunions. When I think aboot it noo, she wis mibbe the wrang person for the job. Bit ower freendly.'

He seched a lang sech, as he gawped up at the pictur.

'Puir Mither Ivy. But the trouble is, she didnae unnerstaund that ither craiturs are no like us. Ye see, in their herts elves ken that they are the best o aw species. They jist needit somebody tae staund up and tell them.

'But I couldnae dae awthin I wantit. No until Wee Kip wis kidnappit. Efter that, I chynged things, and chynged them quick. Straicht awa, I tried tae mak elves mair miserable, for their ain guid. I made them wear thae different-coloured tunics, and sit at separate tables. I banned spickle dauncin, pit the minimum wage doon tae three chocolate bawbees a week, and stapped the unsupervised use o spinnin taps. I spent ivry day tryin tae find the maist frichtsome heidlines for ma newspaper, the *Daily Snaw*. I even chynged Mither Ivy's slogan tae "Guidwill?

Nae guid will come o it!". I wis prood o that.' He glowered at Nikolas as his smile curled like a bawdrins' tail. 'And the verra first thing I did wis tae ban ootsiders and tae chynge the Weelcome Touer intae a jile . . . Guairds!' he shoutit. 'Tak the human tae the touer!'

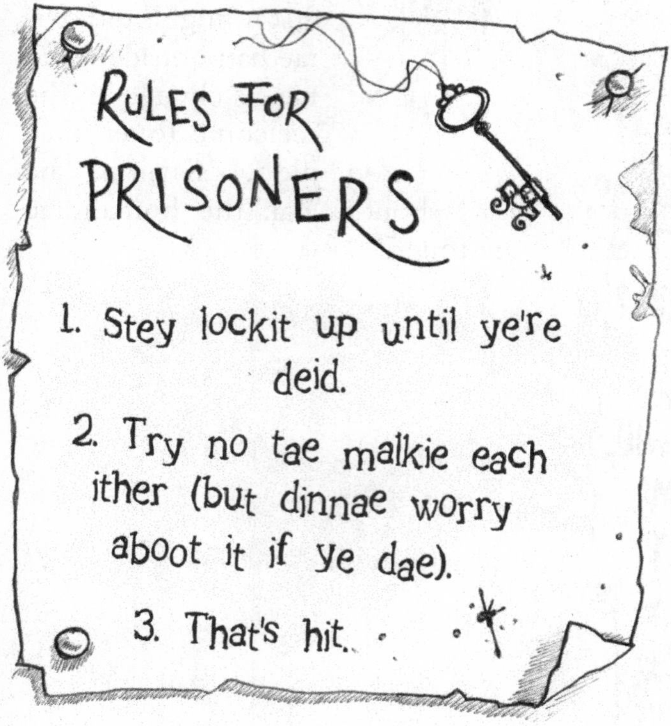

RULES FOR PRISONERS

1. Stey lockit up until ye're deid.
2. Try no tae malkie each ither (but dinnae worry aboot it if ye dae).
3. That's hit.

The Trow and the Truth Pixie

Nikolas had seen the touer. It wis the tall thin roond buildin tae the west o the clachan. It seemed tae get taller as the guairds pushed him closer, alang the path through the snaw. He could feel Miika, tremmlin against his chist. 'This is aw ma faut,' whuspered Nikolas. 'Ye hae tae escape. Look. There. Thae hills ower there wi the trees, ahint the touer. Rin tae them. Hide. Ye'll be safe there.'

And Miika looked and snowked the air and he jaloused that the air fae that direction smelled kind o delicious – kind o cheese-like.

The elf guaird that wis nearest tae them pointit his wee aixe up towards the laddie. 'Shut yer geggie!'

As the twa guairds looked awa Nikolas took Miika oot o his pooch and papped him on the groond. 'Gaun, Miika. Noo!' The wee craitur sprintit awa towards the Widded Hills and the bonnie wee yella cheese-scented cottages.

'Haw,' said a guaird, stertin tae chase efter the wee beastie.

'Lea it!' ordered Faither Vodol. 'We can loss a moose, but no a human.'

'Fareweel, ma freend.'

'Wheesht!' bowfed Faither Vodol. And this time it wis fear raither than magic that gart Nikolas keep his mooth shut. Nikolas had never felt sae alane.

The touer – the jile – wis a frichtsome place. Yet, although it wis ugsome, it had awfie braw comfortin things written on the stane waws o the staircase, fae its time as the Weelcome Touer. Things like 'Weelcome' and 'Streengers are jist freends wi weird faces' and 'Gie a human a hug'.

Ane o the blue tunic-wearin elf guairds saw Nikolas readin thir signs.

'Back in Mither Ivy's time I wid hae been obliged tae cook ye gingerbreid and shaw ye ma spickle dauncin, and yet noo I'm allooed tae chap ye up intae wee bitties. I greet masel tae sleep ivery nicht, and feel deid inside, but society is definately improvin.'

'I kind o like the soond o yer auld society.'

'It wis aw wrang. It wis fu o freendliness and happiness and dauncin. No important things like fear and no likin ootsiders. Faither Vodol has gart us see the error o our weys.'

Efter a lang speel up a windin daurk staircase Nikolas wis flung intae the cell richt at the tap. Unfortunately, the touer wis made o stane, no widd. It had nae windaes and its waws were aw charcoal-bleck. The tottie lowe fae a bleezin torch on the waw helped Nikolas's een adjust tae the licht. Somebody o undeemous size wis snocherin awa unner a blanket on a tottie bed, and oot o the corner o his ee Nikolas could see a smaw bleck hole in the centre o the ceiling. The guairds whudded the door shut and the lood rummlin echo tremmled through Nikolas like dreid.

'Haw! Let me oot! I've done nothin wrang!' Nikolas shoutit.

'Sssh!' cam a voice, makkin Nikolas lowp. He turned, and there, happit in flichterin shadda, wis a birkie-lookin craitur wearin yella claes and an innocent smile. This craitur wis nae mair than a metre tall, she had pointit lugs and lang hair and an angelic wee face that looked as pure and perjink as a snawflake, though her cheeks were a bit clorty.

'Are you an elf?' he whuspered, but awready dootin the idea.

'Naw. I'm a pixie. A Truth Pixie.'

'A Truth Pixie? Whit's wan o them?'

'Wan o them is me. But wheesht or ye'll wauken Sebastian.'

'Wha's Sebastian?'

'The trow,' she said, pointin her peeliewally pixie fingir towards the muckle hackit craitur that wis at that verra moment giein his bahookie a guid scart as he dovered on the tottie bed.

Sebastian seemed an unco name for a trow, but Nikolas didnae comment. He wis ower worrit that he wid never be able tae escape this weet cauld foostie room.

'When dae they let us oot o here?' Nikolas spiered the pixie.

'Never,' said the Truth Pixie.

'Ye're leein!'

'I cannae lee. I'm a Truth Pixie. I hae tae tell the truth. That's whit gets me intae trouble. Weel, that and makkin folk's heids blaw up.'

She quickly covered her mooth wi her

haun, ashamed o the words she had jist blirtit oot.

Nikolas keeked at her. He couldnae imagine onybody wha looked less likely tae hurt onybody.

'Whit dae ye mean, makkin folk's heids blaw up?'

She tried tae stap hersel but couldnae help pouin a smaw gowden leaf fae her pooch. 'Hewlip.'

'Hewlip?'

'Aye. I gied an elf some hewlip soup and watched their heid blaw up. It wis that muckle fun it wis awmaist warth life imprisonment. I am savin ma last leaf for somebody special. I love seein heids blaw up. I cannae help it!'

Nikolas felt fear kittle his skin. If even the sweetest-lookin pixie could turn oot tae be a murderer, there really wis nae hope.

'Wid ye like tae see ma heid blaw up?' Nikolas spiered, although he wis feart o the answer.

The Truth Pixie desperately tried tae lee. 'Nnnnnnnnnn . . . *aye*! I wid like that awfie muckle!' Then she looked a wee bit reid-faced. 'Sorry,' she added, saftly.

Worrit that the Truth Pixie micht try tae pit hewlip in his mooth as he slept Nikolas vowed tae himsel that he wid dae awthin in his pooer tae stey waukened for as lang as possible, indeed for ever if he had tae.

The trow rowed ower in bed and opened his een.

'Whit be you?' spiered the trow, and though he wis muckle, he wisnae slaw, and in the blink o an ee Nikolas wis strauchlin for braith as a roch plooky haun grupped him by the thrapple and squeezed haurd.

'I be . . . I . . . I *am* Nikolas. A laddie. A human.'

'A hu-man? Whit be a hu-man?'

Nikolas tried tae explain but he couldnae breathe and aw that came oot wis a strangulated groozle.

'Humans bide ayont the moontain,' explained the Truth Pixie. 'They come fae the sooth. They are awfie dangerous. Gaun, squeeze his craigie tae his heid faws aff.'

Nikolas glowered at the Truth Pixie, wha smiled sweetly.

'Sorry,' she said. 'I jist cannae help it.'

The trow thocht aboot killin Nikolas but decided he widnae. 'It be Christmas Day,' he said tae himsel. 'Bad luck tae kill on Christmas Day.'

'It's the twinty-third o December,' said the Truth Pixie, awfie helpfu. 'If ye want tae kill him, I suggest ye go aheid.'

'That be Trow Christmas Day. Trow Christmas come early. Cannae kill on Christmas Day . . .'

He lowsed Nikolas's neck.

'That's glaikit,' seched the Truth Pixie. 'Christmas Day is the twinty-fifth o December.'

Sebastian glowered doon at Nikolas. 'I be kill ye the morra.'

'Richt,' said Nikolas, rubbin his craigie. 'Somethin tae look forrit tae.'

Sebastian lauched. 'Hu-man funny! Hu-man funny! Like Tomtegubb!'

'Tomte . . . whit?' said Nikolas.

'Tomtegubbs are awfie amusin,' confirmed the Truth Pixie.' And wunnerfu musicians. Honkin cooks, though.'

Clearly Sebastian had decided tae be freendly. It wis Christmas efter aw. 'I be Sebastian. A trow. Be pleased tae meet ye, hu-man!'

Nikolas smiled and keeked at his face, which wis fykier than it soonds. Sebastian wis nae ile paintin. He had ainly the wan (yella) tooth and gray-green skin and bowfin raggit claes made o goatskin. And he wis awfie, awfie muckle. His braith reeked o foostie cabbage.

'Why are ye in here?' spiered Nikolas, his voice tremmlin wi fear.

'I be try tae steal reindeer. But they be reindeer whit flee like bird. And they be fleein in sky.'

'Reindeer dinnae flee,' said Nikolas but even

as he said it he mindit Donner trottin aff the groond and flittin awa fae her shadda in the Reindeer Field.

'O coorse elves' reindeer can flee,' pointit oot the Truth Pixie. 'They've been drimwickit.'

'Drimwickit?' Nikolas mindit. Drimwick. That wis the word that Faither Topo and Wee Noosh had used tae bring him and Blitzen back tae life. It wis a magical word. Jist tae say it oot lood wis tae feel a wee bittie warmer, as if yer brain wis coatit in sun-warmed hinnie.

'A drimwick is a hope spell. If ye've been drimwickit it gies ye pooers, even if ye're ainly a reindeer,' said the Truth Pixie.

'Whit kind o pooers?'

'It taks aw that's guid in ye, and maks it mair strang. It maks it magical. If ye wish for somethin guid, the magic will help. But that kind o magic is a richt *scunner.* Because being guid is a scunner.'

Nikolas thocht aboot Auntie Carlotta flingin Miika oot o the door. 'Naw,' he telt the clorty-faced pixie. 'Ye're wrang. The haill warld – or the warld I come fae, the warld o the humans, is fu o bad things. There's misery and greed and sadness and hunger and unkindness aw ower the place. There are mony, mony bairns that never get ony presents, and that are lucky tae get onythin mair than jist a few spoonfaes o mushroom soup tae their denner. They hae nae toys tae play wi and they gang tae their bed hungry. There's bairns that dinnae hae parents. There's bairns that hae tae bide wi awfie folk like ma Auntie Carlotta. In a warld like that it's awfie easy tae be bad. Sae when somebody is guid, or kind, it's a magic in itsel. It gies folk hope. And hope is the maist wunnerfu thing there is.'

Sebastian and the Truth Pixie listened tae this in silence. The trow even shed a tear, a tear that rowed doon his runkled gray face and drapped on the stoorie stane flair and turned intae a wee peeble.

'I wish I wis guid,' said the Truth Pixie, lookin doon sadly at her hewlip leaf. 'If I wis guid I could be at hame richt noo, gettin tore intae cinnamon cake.'

'I gled I be trow and not hu-man,' said Sebastian, shakkin his heid and sechin. ''Specially you. 'Cause you be deid the morra.'

The Maist Frichtnin Thocht

Nikolas tried tae ignore the threat o daith, and the trow's giant gray, plooky neck-thrapplin hauns, and turned again tae the Truth Pixie. He wis still a bit frichtened o her, but kent that being frichtened wisnae an awfie usefu thing tae feel.

He kent, tae, that if he wantit answers there could nae better place than this particular jile cell. 'If I spier ye questions dae you hae tae tell me the truth?'

She noddit emphatically. 'Aye, I'm a Truth Pixie.'

'O coorse. Guid. Richt. Okay. Sae, let me think . . . Dae you ken if ma faither's alive? He's a human – obviously – and he's cawed Joel.'

'Joel whit?'

'Joel the Widdcutter.'

'Hmmm. Joel the Widdcutter. It doesnae ring ony bells,' said the Truth Pixie.

'Whit aboot Wee Kip?'

'Wee Kip! Aye. The Wee elf laddie. I've heard o him. He wis on the front page o the *Daily Snaw*. It's an elf newspaper, but some o us pixies ower in the Widded Hills like tae read it, jist in case we read aboot ony elves that hae eaten hewlip and their heids blew up. Oh aye, and for the recipes. And tae catch up on the blethers.'

'Did Wee Kip's heid blaw up?' Nikolas spiered.

'Och naw. He wis kidnappit.'

'Kidnappit?'

'And no by pixies or trows either. I dinnae think it wid hae been sic a muckle stooshie if it had been pixies or trows or even a Tomtegubb. But naw. He wis kidnappit by humans.'

Nikolas suddenly got the cauld creeps. 'Which humans?'

'I dinnae ken. A group o men. Forty-wan muins ago. They cam here and awbody eagerly weelcomed them. Vodol pit on a special feast in the clachan ha in their honour and they were invitit tae stey for as lang as they wantit, but in the middle o the nicht they kidnappit an elf bairn, and they cairried it awa on a sleigh and escaped afore the sun rose.'

Nikolas's hert skipped a beat. 'A sleigh?'

He wis really frichtened noo. It wis like fawin

while steyin still. He took his faither's bunnet aff his heid and glowered at it. Even mair frichtnin than the thocht o being killed by a trow, even mair frichtnin than being lockit up in an elf jile, wis the idea that his ain faither could hae been ane o the men that had kidnappit Wee Kip. He didnae want tae say this oot lood, but it wis a truth in his mind noo, and he wantit tae mak it richt.

He wantit tae mak *awthin* richt.

Nikolas keeked up at the tottie daurk hole. 'Truth Pixie, dae you ken whit that hole is in the ceiling?'

'Aye, I dae. Ye see, this didnae used tae be a jile. This used tae be a Weelcome Touer, back when Mither Ivy wis in chairge.'

'I ken. Faither Vodol telt me.'

'Elves were ayewis weelcomin craiturs. This place used tae be fu o freendly elves giein oot free ploom wine tae awbody that cam here. Which wis naebody, but the thocht wis there. This room wis the furnace. They used tae hae a fire here, which could be seen for miles aroond, sae that thae visitors that believed in elves and pixies and magic could find their wey here.'

'I like reek,' added Sebastian in a thochtfu voice.

'And sae that hole ye see in the ceiling . . .' said the Truth Pixie.

'Wis the lum?' spiered Nikolas.

'Ye're richt.'

Nikolas glowered up at the daurk hole. If he pit an airm abune his heid and lowped up he could probably rax in and touch the sides. But it wis impossible tae escape. The lum wis smawer than him. Even the Truth Pixie widnae be able tae squeeze inside.

But then, whit had Faither Topo said tae him?

'An impossibility is jist a possibility that ye dinnae unnerstaund,' he said, oot lood.

'Aye,' said the Truth Pixie. 'Yon's the *truth*.'

The Airt o Sclimmin Lums

Sebastian fell back tae his snocherin. The soond wis like a motorbike, but motorbikes hadnae been inventit yet, sae Nikolas couldnae compare it tae that. Then soon efter, the Truth Pixie fell asleep and aw. The trow had aw the bed claes, sae the Truth Pixie had curled up on the flair, haudin ontae her hewlip leaf. Nikolas wis awfie wabbit. He'd never been sae wabbit. No even afore Christmas, when he wis never able tae sleep because he wis sae excitit. He kent he needit tae sleep, but he didnae trust the Truth Pixie. He sat wi his back against the cauld haurd waw glowerin up at the lum. Ootside, ayont the thick widden door, atween Sebastian's snochers, he could jist aboot hear the mummlin voices o the elf guairds.

He had tae get oot o here. No jist because he wis wi twa craiturs wha, baith for different reasons, wantit tae kill him. Naw. He had tae escape and find his faither. He had a feelin that he wis still alive and he kent, tae, that he wis probably wi the men that were supposed tae hae taen Wee Kip. But whit they were sayin aboot his faither couldnae be richt. His faither wis a guid man.

He had tae find him.

He had tae bring back Wee Kip.

He had tae mak awthin aw richt. But hoo?

He mindit the day his mither dee'd. Hidin fae the broon bear, in the well, haudin ontae the chyne haudin the bucket, then losin her grup. The yowl, as she fell, while Nikolas watched in horror fae the bothy.

On that day, and for a wheen o days efter (let's say wan thoosand and ninety-eicht) he had believed that things could ainly get warse and that he wid wauk up greetin ilka day o his life, feelin guilty that he hadnae steyed wi her, even though he thocht she wis rinnin as weel.

He prayed, somewey, for her tae cam back.

Joel kept on tellin him he looked like his mither but his cheeks werenae as reid sae Nikolas whiles used tae tak some berries and cramsh them on his cheeks and look at his reflection in the loch. And in the blurry watter he could awmaist imagine it wis her, lookin back fae a dwam.

'It's funny, Da,' he wance said, as his faither chapped a tree. 'But I could probably hae filled that well wi tears the amoont I've gret.'

'She widnae want ye tae greet. She'd want ye tae be happy. Joco. She wis the happiest person I ever met.'

And sae the nixt mornin Nikolas woke up and didnae greet. He wis determined no tae. And he hadnae had his usual nichtmare aboot his mither fawin, fawin, fawin doon that well. Sae he kent that awfie things – even the maist awfie things – couldnae stap the warld fae birlin. Life cairried on. And he made a promise tae himsel that, when he grew aulder, he'd try tae be like his mither. Colourfu and happy and kind and fu o joy.

That wis hoo he wis gonnae keep her alive.

There were nae windaes in the touer.

The door wis thick widd and solid metal. And as weel as that, there were the guairds. He wis there, in this dreepin stane roond room, as stuck as an axle in a wheel. There wis a warld oot there, a warld o widds and lochs and moontains and hope, but that warld belanged tae ither folk noo. No him. There wis jist nae wey oot. And yet, in a streenge wey, he wisnae unhappy. Feart, aye, mibbe a wee bit, but, deep doon, hopefu as weel. He sterted lauchin awa tae himsel.

Impossible.

He kent noo that wis whit Faither Topo had meant.

That wis the point o magic, wis it no? Tae dae the impossible.

Could he – Nikolas – really dae magic?

He glowered at the lum, at the smaw circle o daurkness. And he tried tae concentrate haurd on that lum, that daurk tunnel, and hoo tae get through it. It wis a pitmirk daurkness, like the daurkness o the well. He thocht o his maw, fawin, and aw thae times he had imagined it the ither wey. O her risin back intae life. He thocht o glowerin at the broon bear in the widd that last time, no really that feart, and the bear gaun awa.

His heid kept on sayin it wis impossible but he glowered and glowered and, slawly, he sterted tae hope. Tae wish. He thocht o aw thae unhappy elves in the ha. He thocht o his faither's dowie face the day he had left the bothy tae traivel north. He thocht o Auntie Carlotta makkin him sleep ootside in the cauld. He thocht o human unhappiness. But he thocht as weel o hoo it didnae need tae be like that. He thocht that, really, humans and probably even elves were guid inside but had lost their wey a bit. But maist o aw, he thocht o hoo he could escape fae the touer.

And then he thocht o his mither, smilin and lauchin and being happy, nae maitter whit.

He sterted tae feel the same unco feelin, as if a warm syrup wis poorin inside him, jist as he had when he first met Faither Topo and Wee Noosh. It wis a feelin o unbrekkable joy. Hope, whaur nae hope could exist. And then, afore he kent it, he wis risin. He wis floatin aff the groond, and awfie slawly and shairly he wis sclimmin through the air abune the Truth Pixie and Sebastian. He felt as licht as a fedder, until he hit his heid against the ceiling, richt nixt tae the ower-smaw bleck chimney flue. He fell back towards the groond, but landit on tap o Sebastian.

'It no be Christmas Day noo. It be the day efter Christmas Day,' said Sebastian, as he waukened up. 'Sae I be killin ye.'

Wi aw the stooshie, the Truth Pixie had waukened and aw. 'Ya belter!' squaiked the Truth Pixie. 'I mean, it's technically Christmas Eve. But itherwise – ya belter!'

Nikolas moved fast, and grupped the yella hewlip leaf fae the Truth Pixie's haun. He thrust the leaf towards Sebastian, but it wisnae the leaf that caused the wan-toothed trow tae step backarties. It wis the fact that Nikolas wis hingin in the air again.

'You be magic. Why ye be steyin here if ye be magic?'

'I'm stertin tae spier masel the same thing,' said Nikolas.

'Haw!' said the Truth Pixie. 'Get doon noo and gie me ma leaf back.'

'Get awa fae me,' said Nikolas, tryin tae soond as frichtsome as he could.

'Hmmm, that's no easy done, seein as hoo we are trapped in a *jile cell*,' said the Truth Pixie.

Sebastian grupped Nikolas's leg and tried tae pou him back doon tae the groond.

'Och, this is sae excitin,' said the Truth Pixie, smilin a muckle smile and clappin her hauns. 'I love a drama!'

Sebastian's grup tichtened, his roch hauns as strang as stane.

'Get . . . aff,' said Nikolas, but it wis nae use. He thocht o his mither fawin, no risin, and that – thegither wi the strength o the trow – wis stappin the magic fae warkin. Then somethin roch wis aroond Nikolas's neck squeezin haurd. Sebastian's free haun. Nikolas gowped.

'I . . . cannae . . . breathe . . .'

Then the haun lowsed him.

'I be thinkin,' said Sebastian, aw maitter o fact. 'I micht be eatin ye insteid o thrapplin ye. I be ainly hae wan tooth but it be daein the joab.'

And he opened his mooth and wis aboot tae bite, when Nikolas papped the hewlip leaf intae his mooth. The Truth Pixie clapped her hauns in excitement.

'Haw!' cam a deep elf voice fae ootside the door. 'Whit's gaun on in there?'

'Nothin!' said Nikolas.

'Nothin!' said Sebastian.

The Truth Pixie covered her mooth but still

couldnae help hersel. 'The human laddie is floatin in the air while Sebastian is tryin tae eat him but noo the human laddie has slippit a hewlip leaf intae his mooth sae I am anxiously waitin on Sebastian's heid blawin up,' she blirtit oot.

'Emergency!' shoutit the elf guaird ahint the door. 'There's a stramash in the furnace room!'

Sebastian stummled backarties as the sclaff o elf fitsteps could be heard echoin up through the touer's spiral staircase. Then the trow's face sterted tae tremmle. Sebastian looked worrit.

'Whit be happenin?'

Nikolas heard the trow's wame rummle. It wis mair than a rummle. It wis mair, even, than a grummle.

It soondit mair like thunner.

Nikolas wis noo back on the flair.

'I'm sorry,' said Nikolas.

'He's gonnae blaw!' squaiked the Truth Pixie. 'A Christmas Eve spectacular!'

The mair-like-thunner soond rose higher inside the trow, and noo the soond wis comin fae his heid. His cheeks chittered. His foreheid sterted tae gowp. His lips sterted tae sweel. His lugs bulged. His awready-muckle heid wis mair and mair muckle gettin, it wis noo wider than his shooders and he wis strauchlin tae haud it up, and aw the time the Truth Pixie wis clappin her hauns in excitement.

'This is gonnae be a guid ane. I can feel it!'

The guairds were at the door, tryin tae find the richt key.

Sebastian tried tae speak but he couldnae because his tongue wis noo the size o a baffie. 'Buh-buh-buhbuhbuh-buh-burbubbur,' he said, as he clutched his heid. His een were noo sae muckle that they nearly popped oot o his heid. Weel, wan did pop oot, and it rowed alang the flair towards Nikolas. It lay there, keekin up at Nikolas, and wis pure mingin.

And the Truth Pixie burst intae hysterics, keekin at the ee. 'This is pure barrie. Shouldnae lauch. Bad Pixie. Bad. But it's jist sae . . .'

Nikolas saw the Truth Pixie's een go aw crossed. 'Whit's up?' he spiered.

'I jist weet masel,' she said, and then she sterted geeglin again.

'Whit's happenin in there?' shoutit the guairds.

'I widnae open the door jist yet,' said the Truth Pixie. 'There's gonnae be an explo–!'

And that wis the moment Sebastian's heid got that muckle it jist had tae blaw up, wi a lood weet doof. Purpie trow bluid and gray trow brains splattered aw weys. Ower the waws and ower the Truth Pixie and Nikolas.

'Ya-bew-tie!' said the Truth Pixie, as she applaudit. 'That wis braw, Sebastian!'

Sebastian didna respond tae the Truth Pixie. No oot o rudeness, but oot o no haein a heid. He wis jist a muckle trow body wi nae heid. And the body wis noo fawin forrit toward the Truth Pixie wha wis still lauchin that haurd that she couldnae see. Sae Nikolas quickly jouked ower tae the pixie, hurlin her aside, as Sebastian crashed ontae the flair, squashin his loose eebaw.

'Ye saved ma life,' said the Truth Pixie, a wee bit in love.

'It wis nothin.'

Then, the soond o keys in the door.

Nikolas closed his een and focht his panic. He wis determined noo.

'You can dae it,' said the Truth Pixie.

'Can I?'

'O coorse ye can.'

As the door opened Nikolas wis back floatin up though the air.

'Haw!' shoutit an elf guaird.

Faither Topo's words cam back tae Nikolas. *Ye jist close yer een and wish for somethin tae happen.* Perhaps a wish wis jist a hope wi a shairper aim.

If ye wished haurd eneuch mibbe aw kinds o things could happen. He thocht aboot hoo Faither Vodol had made furnitur move. Mibbe, wi eneuch determination, a lum could move and aw.

'I can dae it,' Nikolas said.

'Aye, ye can,' agreed the Pixie.

He closed his een and wished that he could. Nothin. Stillness. Then warmth, as the wish filled his haill body. He felt a sudden dip in his wame like he wis fawin doon. Or gaun up the wey.

Then his hert began tae race.

When he finally opened his een he saw bleckness. He wis *inside* the lum.

He could hear his mither's voice. 'Ma laddie! Ma sweet Christmas laddie!'

'I'm gonnae be like you, Maw! I'm gonnae mak folk happy!'

The lum bent, twistit and expandit tae fit him perfectly as he traivelled at haliket speed upwards. He could hear the voice o the Truth Pixie somewhaur ablow him, sayin, 'Telt ye!'

And then, in nae time at aw, Nikolas shot oot o the lum, felt the rush o caller air, afore he landit haurd but painlessly on the stey touer roof.

Blitzen tae the Rescue!

The sun wis risin. Raw pinks and oranges paintit the lift. It wis Christmas Eve. He gawped doon at Elfhelm, which seemed as smaw and hermless as a toy clachan.

He tried tae lift his feet fae the tiled roof. But naw. Nothin. Mibbe he wis ower feart. He heard an elf guaird shout oot o a touer windae tae anither elf on the path ablow.

'Help!' shoutit the guaird. 'The human laddie has escaped!'

'He's on the roof!' said the elf ablow. It wis the ane Nikolas had sat forenent at the feast in the clachan ha. The ane wi the plaits. Ri-Ri.

Nikolas tried tae think. He looked at the elf clachan ablow. He could mak oot the reindeer in the field. Then he saw Blitzen, tottie in the distance, nabblin the gress aside the frozen loch.

'Blitzen!' he shoutit at the tap o his voice, waukin up the haill clachan. 'Blitzen! Ower here! It's me, Nikolas!'

He then saw a hunner elf guairds in bleck breeks and tunics mairchin smertly oot o the clachan ha, like golachs spreidin across the snaw. He saw Faither Vodol as weel, shoutin orders at them fae an upstairs windae. Although they were smaw he kent they could rin fast. He didnae hae lang.

'Blitzen!'

He imagined he could see Blitzen stappin tae keek up at him.

'Blitzen! Help me! Ye've got tae help! You can flee, Blitzen! You can flee! The magic that saved us maks reindeer flee! You. Can. Flee!'

It wis nae use. It wis in fact a kind o torture tae see that moontain, tae ken the rest o the warld wis richt there ayont. Desperation floodit through him. Even if Blitzen could hae unnerstood him, and even if he did hae the potential tae flee, it wisnae likely that he wid be able tae dae it wioot believin in magic.

Nikolas saw ten or mair guairds rin intae the field and sclim on tae the backs o the reindeer. Yin by yin, the guairds roozed their moonts intae action, kickin their flanks and steerin them up towards the touer roof. Efter twa-three seconds they were gallopin fast through the snawy air.

'Blitzen!' he cawed again, but he could nae langer see him. Whaur wis he?

The reindeer and the guairds were gettin closer tae the touer. Shaddas in the air. Nikolas sensed a lourin daurk figure. He could feel him, like a clood blockin oot the sun, gettin inside his heid, jaggin intae his mind. Tryin tae push Nikolas forrit, aff the roof. And then Faither Vodol wis actually there, on a reindeer, leadin the chairge, his beard spreckled wi snaw and his face purpie wi rage. He wis cairryin an aixe that Nikolas kent instantly. Lang daurk haunle and glisterin blade.

'Yer beloved faither left this ahint!' shoutit Faither Vodol, hurlin the aixe straicht at Nikolas wha jouked it jist in time. The aixe curved back and landit in Faither Vodol's haun, ready for him tae try again, as Donner – the reindeer he wis ridin – circled aroond the touer roof.

'Get awa,' Nikolas said. 'You hae nae control ower me.' He closed his een – warmth and licht pushed awa the daurk clood – and then it wis happenin. He wis in the air, risin. For a second it felt like the snaw wis fawin even faster. He blinked his een open, and there wis

Vodol. In an instant Nikolas had crashed back ontae the roof, causin some tiles tae cam loose and slidder aff and tummle tae the earth ablow. He skited doon and aw until he wis hingin aff the edge. He looked doon. He could see a crood o tottie, tottie elves had noo gaithered on the path tae watch the stramash awa up on the roof.

'Catch the son o Joel the Widdcutter!' shoutit ane, an elf lassie cawed Snawflake, wi sheenin white hair.

'Kill the son o Joel the Widdcutter!' shoutit anither, cawed Picklewick, wha wis watchin the scene through ane o his haun-made telescopes and wis surprised at his ain anger. 'Crush his banes and use them tae season yer gingerbreid! Nae ootsiders!'

'Nae ootsiders!' said Snawflake.

'Nae ootsiders!' said awbody.

'Nae ootsiders! Nae ootsiders! Nae ootsiders!'

Weel, actually, no absolutely awbody wis shoutin this. There wis wan voice o reason, but it wis an awfie smaw licht voice, yet sae strang

and clear the words managed tae flichter up through the air tae Nikolas.

'Lea him alane!' It felt bonnie tae Nikolas's lugs, and gied him hope, and for a moment his laneliness left him. It wis the voice o Wee Noosh.

'Lea him be! We're elves!' Faither

Topo wis noo shoutin. 'Whaur has oor kindness gane? C'moan, we're elves. We didnae used tae be like this.'

Nikolas's shooders burned wi pain as he hauled himself back up ontae the cauld slate roof in time tae see the maist muckle reindeer o them aw chairgin towards him, pushin himsel haurder, owertakkin the ithers. His een were fixed on the roof wi the same smeddum that had helped him sclim the moontain.

'Blitzen!'

Faither Vodol had seen him and aw.

'Fire!' he shoutit. A guaird knelt in the snaw and aimed his haun-made langbow – or, as this wis an elf – his haun-made *shortbow* at them. He poued the string back wi his teeth as he grupped an arra, airted it, and fired. A daurk line sped through the air, and whustled past Nikolas's lug. Faither Vodol, rairin wi frustration, flung the aixe at Blitzen and it birled through the air, but Blitzen dooked doon, fast, and jinked his heid sae the arra jist missed its tairget and sned the tip aff ane o his antlers insteid. Nikolas ran forrit, keepin his een on Blitzen and hopin as muckle as onybody can hope, and lowped intae the air. He closed his een, hoped some mair. The hope wis answered. He landit on Blitzen's back.

'Stap them!' skirled Faither Vodol.

'Gaun, gaun, gaun!' shoutit Nikolas, as Blitzen galloped awa at unstappable speed through the air. 'Sooth! Tae the moontain!'

And they flew on, joukin birlin aixes and fleein arras, until sheer hope and smeddum led them towards the first licht o the new day.

The Search

They flew through the gurlie air ower forests fu o snaw-covered spruce trees and icy lochs. A landscape o white land and siller watter. There were nae signs o human life. Nae signs o Christmas Eve excitement. Fae up high, the land wis spreid oot as flat as a map. They were traivellin sae fast that whit wid hae taen them a day by land took them ainly meenits. The cauld wund wis strang, but Nikolas haurdly felt it. Indeed, since he'd been drimwickit he hadnae really noticed the cauld. Naw, that wisnae quite true. He had been *aware* o the cauld, but it hadnae bothered him. It jist *wis*.

Nikolas felt awfie relieved that he had escaped and at the possibility that his faither wis alive, sic delicht and wunner that he could mak magic that he suddenly richt there, hauf a mile abune a loch, let oot the biggest lauch o his life. It wis a lauch that came fae deep inside his belly. Less o a 'ha ha ha' and mair o a 'ho ho ho!'

The kind o joco lauch his mither used tae hae.

He leaned forrit and wrapped his airms aroond Blitzen.

'You are a true freend!' he telt him. 'And I'm sorry aboot whit happened tae yer antler.'

Blitzen gied a quick raise o his heid, as if tae say 'that's aw richt' and galloped on.

They were heidit directly sooth, follaein the ainly road, the maist obvious route, towards hame. Nikolas wunnered if his faither wis awready there, mibbe back in the forest chappin widd.

By forenoon a gray mist had settled aroond them and doot began tae creep intae his heid. Whit if Nikolas's faither *had* kidnappit Wee Kip? He dismissed the thocht. Naw, his dear da wid never dae somethin like that. That wid be impossible, wid it no?

Wi a heavy hert Nikolas realised whit he had tae dae afore he could return hame. He had tae find Wee Kip. He had tae find the truth. He had tae prove tae the elves that his faither wis a guid man. There had tae be some explanation.

Wee Kip had probably jist rin awa fae hame, jist as Nikolas had. Aw he needit tae dae wis find the elf laddie and awthin wid become clear.

Sae they flew on and on and on. The reindeer swoofed low ower forests and heich ower fields and the braid clay muirs that seemed tae streetch towards infinity in the hope they micht see Wee Kip.

The ainly thing they didnae dae wis flee directly ower touns because Nikolas didnae ken hoo folk micht react tae seein a laddie on a reindeer fleein ower their heids. But whiles they did see folk. Which Blitzen wis happy aboot.

Ye see, the ither thing Nikolas had realised aboot Blitzen wis that he had a sense o humour. And the thing he found awfie funny wis daein the toilet on folk. He'd haud it in, for as lang as possible, and then when he saw somebody faur ablow he'd jist, weel, *let it oot*. And the folk in question wid jist think it wis rainin.

'That's no a verra nice Christmas present, Blitzen!' Nikolas said, but he couldnae help lauchin.

On and on they traivelled, fast and slaw and laich and heich, north and east and sooth and west, but wioot success. Nikolas wis mair and mair desperate gettin. Mibbe he should jist gang hame efter aw. He wis stertin tae feel that wabbit and he kent Blitzen must be warse. It had sterted snawin again.

'C'moan,' said Nikolas, 'we need tae rest for the nicht.' He caucht sicht o a forest o pine trees immediately tae the west. 'Let's land ower there and find some bield.' Sae Blitzen, that aye follaed Nikolas's commands, airted westwards and flew doon low and lower, joukin atween the snaw-tappit pine trees, until they saw a slap in the brainches, jist ayont a glen.

'This is gonnae be an unco Christmas,' thocht Nikolas.

They settled, amang the tall lourin trees, aneath a canopy o brainches. Nikolas and Blitzen lay back-tae-back, and jist as Nikolas wis stertin tae dover aff intae a dreamless sleep he heard somethin.

A crack o a twig.

Voices.

Men's voices.

Nikolas sat bolt upricht and listened haurd. It wis pitmirk noo, but the man speakin – in a slaw, strang voice – seemed awfie kenspeckle. Nikolas gowped.

It wis the voice o the man that had visitit his faither. Anders the hunter.

'Blitzen,' Nikolas whuspered. 'I think it's them. Wait there the noo.' And Nikolas got tae his feet and tiptaed cannily ower the dry groond.

He saw a gowd and orange lowe. It grew brichter. A campfire. Shaddas were flittin like daurk ghaists. As he got closer he could see a group o muckle hiddled silhouettes sittin aroond the fire, talkin. The voices were mair distinct noo.

'We're ainly days awa fae Turku,' said wan. 'We'll be there by Hogmanay!'

'A week fae noo we'll be giein our wee present tae the king!' said anither.

'I thocht we were gaun hame first,' said a voice he kent better than ony voice in the warld. The soond o it caused Nikolas's hert tae miss a beat. Fear and love floodit through him. He wis aboot tae shout oot 'Da', but somethin stapped him and he jist waitit, quiet in the lownness o the nicht.

'Naw, we promised. The king has tae hae it afore Hogmanay.'

Nikolas could haurdly breathe. His hert wis dirlin in his chist, but he kent he had tae try and stey calm. *Be the forest.*

'Weel, I promised ma son I wid be hame by noo.'

'It depends which promise ye want tae keep! The wan tae the king, or the wan tae yer son!'

The soond o lauchter filled the forest, stottin aff the trees sae that it felt like it wis comin fae aw weys. Birds flichtered awa fae their brainches, squaikin in fear.

'We better keep it doon,' ane o the men said, 'or we'll wauk him.'

'Och,' said anither, 'dinnae worry aboot it. Elves sleep soondly!'

Nikolas's wame felt ower licht, as if he wis fawin. He thocht he wis gonnae boak. Or cowp.

'Whit does it maitter?' said Anders. 'He's in a cage. It's no as if he can gang onywhaur.'

It wis true!

Nikolas streened his een tae see ayont the trees. There, on the ither side o the fire and the men, wis a unco box-shaped thing. He couldnae quite see the elf laddie, but he kent that he wis there. The men cairried on talkin.

'Jist keep thinkin aboot the siller, Joel. Ye'll never hae tae worry aboot Christmas again.'

'Aw that siller.'

Christmas

'Whit wid you dae wi it? Whit wid ye buy for Christmas?'

'I'd buy a ferm.'

'I'd jist look at it,' said anither ane, wha wis cawed Aatu, though Nikolas didnae ken that yet. Aatu had a gey muckle heid wi a gey smaw brain inside. He had radge hair and a radge beard which made him look like somebody keekin oot o a bush. 'And efter I looked at it I'd buy a cludgie.'

'A cludgie? Whit's a cludgie?'

'It's a new invention. I heard aboot it. The king's got ane. It's a magic chanty. Wi bowels like mine it's got tae be a guid investment. And I'd buy an awfie nice caunle. I like caunles. I'd buy a big reid caunle.'

The men fell tae murmurin amang themsels and Nikolas took his chaunce. Hunkerin on his hauns and knaps he creepit slawly forrit, joukin pine cones, breathin slawly as he weaved through the trees, ayewis keepin a safe distance fae the men.

Efter a wee while, he raxed the cage. It wis made o widd and tied firmly wi rope tae the solid timmer o a sleigh. A paintit sleigh. The sleigh wi wan word cairved oot on it, 'Christmas'. His sleigh. Inside the cage, curled up, wis a wee elf laddie.

He wore the same kind o deep green tunic as Wee Noosh and looked aboot ages wi her and aw. He had broon, awfie straicht hair and muckle lugs, even for an elf, but a tottie neb. And though his faur-apairt een were closed, he had a doon-turned mooth and his face wis runkled wi worry.

Nikolas mindit his ain brief but awfie time as a prisoner. He stood there wunnerin whit he could dae. There wis nae path. Jist trees tae wan side, and the clearin tae the ither. He wis tremmlin wi fear but he kent he had tae wait on his faither and the ither men fawin asleep.

Wee Kip opened his een and gawped straicht at Nikolas. For a moment it looked as if he wis gonnae skraich.

'Wheesht,' Nikolas said saftly, wi his fingir on his lips. 'I'm here tae help ye.'

Wee Kip wis still an awfie young elf, and although he didnae ken Nikolas he wis skeeled at spottin guidness inside somebody, and could see the kindness in Nikolas's een. He seemed tae unnerstaund.

'I'm feart,' said the elf, in elf.

But Nikolas unnerstood. 'It's aw richt.'

'Is it?'

'Weel, naw. No richt noo. But it will be . . .'

But then, a fierce roch voice seemed tae come oot o naewhaur. 'Happy Christmas.'

Nikolas turned aroond and saw ane o the men, a tall skinnymalinkie mannie wi a thrawn face wearin a woollen bunnet wi flaps ower his lugs. He wis pointin an arra and crossbow at him.

'Wha are ye? Tell me. Or ye're deid.'

The Elf Laddie

I'm jist lost in the forest,' Nikolas splootered. 'I'm no causin ony trouble.'

'Haw!' shoutit the man. 'I spiered ye wha you are. It's the middle o the nicht. You're up tae somethin. Tell me or I'll pit an arra through ye.'

Nikolas heard some o the ither men, waukin up, talkin, conflummixed.

'I'm Nikolas. I'm jist . . . a laddie.'

'A laddie stravaigin the forest in the middle o the nicht!'

'Och naw, och naw, och naw,' said Wee Kip. Or mibbe it wis 'Och naw, och naw, och naw, och naw'. But onywey, tae aw human lugs apairt fae Nikolas's, it jist soondit like 'keebum, keebum, keebum.'

Then some fitsteps, and a kenspeckle voice. 'I ken wha he is,' said Anders, as he loured ower Nikolas. 'He's Joel's son. Pit the crossbow doon, Toivo. He isnae here for trouble. That's richt, is it no, laddie?'

Mair shaddas. The ither men – five o them – were walkin towards him.

His faither spoke up. 'Nikolas? Is that you?' he spiered. Totally stammygastered.

Nikolas looked intae his faither's face and felt feart. Mibbe it wis because he had grown a beard. Or mibbe it wis somethin else. The een, thae kenspeckle een, noo seemed daurk and distant, like they belanged a streenger. Nikolas wis that whummled he could haurdly speak.

'Da. Aye, it's me.'

Joel ran ower and flung his airms aroond his son. He cooried Nikolas till he thocht his ribs wid brek. Nikolas cooried him back, tryin tae believe he wis still the guid faither he had ayewis imagined him tae be. He felt his faither's beard jag intae his cheek. It felt braw, comfortin.

'Whit are you daein here?' Nikolas sensed a quiet dreid in his faither's question.

He didnae ken whit tae say, but he decided tae dae whit his mither had learned him tae dae when he wis in trouble. He took a deep braith and telt the truth. 'I wisnae gettin on wi Auntie Carlotta. Sae I cam tae look for ye. And sae I heidit tae the Faur North, and foond Elfhelm . . . And then the elves pit me in their jile.'

His faither's face saftened, his een runkled, and he seemed himsel again. 'Och, Nikolas, ma puir laddie! Whit happened?'

'They lockit me in the touer because they dinnae trust humans.'

Nikolas looked at the elf boond tae the cage by his wrists and ankles and then ahint him at the sax ither men that were staundin in the muinlicht. Nikolas desperately wantit him tae tell them tae gang awa. He wantit tae believe in his faither and cairried on in the hope that this wis aw jist a bourach, a misunnerstaundin.

'Weel, son,' his faither said, drawin himsel up tae his fu hicht and lookin gey solemn. 'I hae tae say, thae stories I telt ye aboot hoo happy and kind the elves were, were jist that – stories. I discovered that the elves arenae wha we thocht they wid be.'

Nikolas keeked at Wee Kip wha wis gawpin at him, wi pleadin een, fae his cage. The elf wis ower feart tae speak. And Nikolas couldnae help but feel betrayed, as if awthin he had ever kent wis a lee. 'You didnae tell me you were gaun tae kidnap an elf. Ye said you were gaun tae find proof o Elfhelm.'

'Aye,' said his faither, yeukie for Nikolas tae believe him. 'And whit could be better proof than a real-life elf?'

'But you *lee'd* tae me.'

'I didnae lee. I didnae jist ken whit kind o proof we wid find. I jist didnae tell ye the haill truth.'

Nikolas looked at the muckle gang o crabbit men in the daurk and silent forest. 'Did they mak ye dae it, Da?'

Anders lauched and the ithers follaed, sendin a reeshle o voices through the forest.

Joel winced. 'Naw. Naebody gart me dae it.'

'Tell him, Joel,' said Anders. 'Why no tell him whit really happened?'

Joel noddit, nervously lookin at his son. He swallaed. 'Weel, Nikolas, in fact, it wis ma idea. When Anders cam tae me that nicht, I suggestit it. I said the best evidence wid be if we got a real-life elf and took it tae the king.'

Nikolas couldnae believe whit he wis hearin. The words wis as sair as vinegar in a cut. His ain faither wis a kidnapper. Maist folk growe up gradually, ower mony years, but staundin there in the still forest, Nikolas lost his bairnhood in a second. Nothin maks ye growe up quicker than discoverin yer faither isnae the man ye thocht he wis.

'Hoo could ye dae that?'

His faither seched. It wis a lang sech. 'It's a

lot o siller, Nikolas. Three thoosand rubles. That could buy us a coo. Or . . . or a grumphie. We'll be able tae hae a richt guid Christmas nixt year. The kind o Christmas me and Carlotta never kent. I'll be able tae buy ye toys.'

'Or a cludgie!' said Aartu, fae somewhaur ahint his beard.

Joel ignored his glaikit freend and cairried on. 'I'll be able tae buy a cuddie and a new cairt. We'd ride intae toun, and folk wid look at us, admire us, and be jealous o hoo muckle siller we hae.'

Anger bealed inside Nikolas. 'Why? I dinnae want folk tae be jealous! I want folk tae be happy!'

Joel keeked back tae the ither men, wha were clearly haein a rare time watchin aw this atween faither and son. He frooned wi frustration and turned back tae Nikolas. 'Weel, ye need tae learn aboot the warld, ma son. You're a bairn, and I'm no, and I ken aboot the warld. It's a selfish place. Naebody will look efter ye. Ye hae tae look efter yersel. And that's whit I'm daein, aw richt? Naebody wis ever kind tae me. Naebody ever gied me presents. I used tae greet, ivry Christmas Day, because I never got a singil thing. Ither bairns had at least wan wee present fae their parents. But me and Carlotta, we had nothin. But nixt birthday, nixt Christmas, I can buy ye onythin ye want . . .'

Nikolas keeked again at the cage, and the ropes. 'I wis happy wi the sleigh. I wis happy wi you and Miika. I wis even happy wi the tumshie-doll!'

'Nixt Christmas ye'll thank me. No this wan. It's ower late for that. But nixt ane. Ye'll see. I promise.'

'Naw,' said Nikolas. Jist sayin the word felt like turnin a key inside his mind, lockin oot ony weakness.

'Whit are you talkin aboot?'

Nikolas took a big braith, as if inhalin courage. 'Naw. I'm gonnae tak Wee Kip back tae Elfhelm. Back tae his hame.'

The men lauched some mair. The soond dirled through Nikolas, makkin him feel feart and angry at the same time. Ane o them – a roch-voiced man wi a coat made o reindeer skin – snarled, 'Naw, ye're no. Tell him, Toivo.'

Toivo raised his crossbow again, and spat on the groond.

Joel turned tae see the wappin. 'I'm sorry, Nikolas, but ye're no takkin him back. There's ower muckle at stake.'

'If ye loved me mair than ye loved siller, then ye wid dae it. Da, please. Toys are braw. But being guid is better than being rich. Ye'll never be happy as a kidnapper.'

'I've never been happy as a widdcutter,

either,' said Joel, his face runkled up as if he wis in pain. 'Noo, if aw gangs tae plan I'll hae a chaunce tae find oot whit life has tae offer.'

Nikolas shook his heid. He sterted tae greet. He couldnae help it. There wis ower muckle inside him. Anger, fear, disappointment. He loved his faither, and yet this man that he loved had stolen an elf laddie fae his ain hame and pit him in a cage.

Nikolas dichted his een wi the back o his haun. He thocht o Faither Topo's words tae Wee Noosh. *We must never let fear be oor guide.* 'Let's tak the elf back,' said Nikolas, in a looder voice, lookin aroond at aw o the men. 'The elves wid be happy. They micht even gie us a reward. We must tak Wee Kip back tae his faimly.'

'They'd kill us!' said Anders in a strang voice. Anders had his bow and gray-feddered arras slung on his back. 'Listen, laddie, why dae you no come wi us? It wid be an adventure. Ye'll get tae meet the king.'

'Nae wey, he'll spile it aw,' said the roch-voiced man wi the reindeer coat.

'Wheesht, Tomas,' said Anders. 'This is Joel's son . . . C'moan, laddie, whit dae ye say?'

For a wee moment Nikolas thocht hoo it wid be tae gang tae the royal palace and meet King Frederick. He pictur'd his face fae the back o a coin, and the saft cuddly toy he had ayewis seen in the toyshop windae. Wi his muckle neb and muckle chin and braw croon and claes. Awthin wid be made o gowd. Mibbe his haill palace wis made o gowd. It

wid hae been wunnerfu tae gang there. But nothin wis as wunnerfu as daein the richt thing.

'Cam wi us, son,' said Joel saftly noo. 'Dinnae be daft. Anders is richt. It will be an adventure. A Christmas adventure. Anders could learn ye hoo tae shoot a bow and arra – wid that no be fun?'

'Aye,' said Anders. 'Ye could mibbe help me shoot a deer. And then ye could cook it on a fire. We've had fresh meat ivry nicht. Ye look as though you could dae wi a guid meal, and there's nae better meal than wan ye shoot yersel. Wan day, I even shot a reindeer, but it got awa afore I had time tae kill it. Disappeart intae the widds.'

Nikolas thocht o the gray-feddered arra stickin oot o Blitzen's leg. He kent that, afore lang, Blitzen wid come lookin for him. And then thir muckle, tall men wid probably try and kill him again, and turn him intae a reindeer stew. He looked intae Wee Kip's muckle streenge een which were filled wi fear. Wee Kip still hadnae said a word, and in that moment, for the first time in his life, Nikolas hated his faither.

He turned tae aw the ither men, staundin there in the frozent forest, solid shaddas in the blue-bleck o the nicht. Kidnappers. Reindeer killers. There wis fear in his hert but there wis smeddum, tae.

'It's aw richt, Wee Kip, I'm gaun tae get ye oot o here and tak ye hame.'

Blitzen's Revenge

'Sort yer laddie oot!' wan o the men shoutit. Nikolas dinghied him. He wis concentratin haurd on the metal chynes that keepit Wee Kip thirled tae the cage on the sleigh.

He felt his faither's haun grab his airm and try tae pou him awa. 'C'moan noo, Nikolas, ye're giein me and yersel a pure riddie.'

'Pit him in the cage and aw!' suggestit Toivo.

'We cannae pit a laddie in a cage,' said Anders.

'Ye awready hae,' said Nikolas. 'Or dae elves no coont?'

'Naw, son,' said Joel. 'O coorse they dinnae coont. They're elves! The elves were gey happy tae pit you in jile. Mind?'

Nikolas thocht aboot Faither Vodol, mindit the fury in his voice and hoo frichtened he had felt.

'Aye, but . . .' But *whit?* For a moment, Nikolas wunnered whit he wis daein. Why did he care? Then he keeked inside the cage.

Wee Kip wis fashed. He wis chitterin wi fear.

'Ye're an elf!' whuspered Nikolas, urgently. 'Ye've got magic in ye! Use yer pooers.'

Wee Kip sterted tae greet again. 'I cannae! It's impossible!'

'Ye cannae say that word! Ye're ower young tae sweer!'

Wee Kip looked at him, joukin his heid tae wan side.

Nikolas kent that he wis spierin a lot o a young elf. Wee Kip wis, weel, *wee*. It wis haurd tae wark oot elf ages but he couldnae hae been muckle mair than five year auld. Mibbe his magic hadnae got gaun yet. And even if it had, then Nikolas kent it wisnae that easy wioot the confidence o a singil, clear wish. Magic wis nae use by itsel. Makkin impossibilities possibilities wis haurder than it looked.

The elf closed his een, streenin. The men sterted tae jeer.

'It's Christmas Eve,' said Nikolas, hopin it wid gie the elf strength. 'Can ye feel it? There's magic in the air. C'moan, Wee Kip. Use yer drimwick pooers. You can dae it.'

'Naw,' came a peerie voice. 'I cannae.'

'Ye can. I ken ye can. Ye're an elf. You can dae it.'

Wee Kip frooned haurd.

'Come awa, Nikolas. I mean it,' said Joel, gruppin Nikolas's haun.

There wis a streenge tinklin soond. The wee elf wis chyngin colour wi the effort, his face becomin as purpie as a ploom. Then: *clink*.

Nikolas saw ane o the airn chynes atween the elf's hauncuffs snap like gundie.

Then anither.

And anither.

There wis ainly wan mair.

'That's it, Wee Kip. Ye're daein it.'

'Look, he's escapin!'

'Stap yer warlockry, ye pointy-luggit wee nyaff!' Toivo snashed at the elf. 'Or I'll shoot ye deid.' Toivo raised his crossbow and pointit it at Wee Kip.

'I winnae,' said the elf. Which tae the men, soondit like 'Kalabash animbo.'

'And stap yer haivers,' added Toivo.

Somewhaur abune, a bird flichtered awa fae a tree.

'A deid elf's nae guid tae us,' said Joel.

'A deid elf is better than an escaped elf.' Toivo

snashed again. 'If it maks anither move, I'll shoot it.'

Nikolas poued his haun awa, fast, fae his faither's grup. He had never felt less like his faither's son. He dairted tae the front o the cage. He could haurdly control his breathin. The fear wis strang. He keeked up at Toivo and his daurk desperate een, which seemed tae be filled wi nicht. 'Weel, I'm no gonnae let ye.'

'Dinnae tempt me, wee laddie. I could kill ye and aw.' His voice didnae falter.

Tomas gowped. 'Look!'

Nikolas turned and saw a whudder o snaw and hooves and hot braith. The forest wis rummlin as though filled wi thunner. It wis a huge reindeer, poondin towards them.

'Blitzen!' cawed Nikolas, fearin for the craitur's life.

'Lea him tae me!' shoutit Anders.

He fired an arra, and it whustled through the air, fast and straicht. Blitzen kept gallopin, even faster, as if towards the arra, but at the last meenit he lifted his heid up and his haill body wi it, and left the groond at a stey angle. Sclimmin through the air like he wis on an invisible brae, brushin past snaw-covered pine brainches as he rose.

Nikolas watched Anders's bow and arra aim higher as the reindeer traivelled across the lift, his antlers bleck against the muin.

'Dinnae shoot him! Please! He's ma ainly freend!' pleadit Nikolas.

Joel looked at his son's peeliewally, shilpit face. Then he looked at his ain left haun. At his hauf-fingir. 'Life is a sair fecht,' he said in a dowie voice.

'But it's magic and aw, Da.'

Joel ignored him. 'You need tae sort him oot, Nikolas. He'll be safer if ye caw him back doon, whaur we can see him. We winnae shoot him, will we, men? We'll huckle him and tak him tae the king. I'm shair he'd like tae see a fleein reindeer.'

Anders lowered his arra. 'Aye. Caw him doon.'

'Blitzen!' cawed Nikolas, wunnerin if ony o them could truly be trustit. 'Come doon fae the lift! It's safer.'

And the reindeer seemed tae unnerstaund because a meenit later he had landit in the wee clearin, chist heavin and een sheenin wi exertion.

'This is Blitzen. Please dinnae hurt him,' said Nikolas. The reindeer snoozled his neck.

'Loch Blitzen,' said Tomas, sleekin doon his reindeer-skin coat.

Nikolas clapped the craitur's neck, and Blitzen glowered at Anders, makkin a soond atween a grunt and a grool.

'It's aw richt, Blitzen. He's no gonnae hurt ye again,' said Nikolas, wishin he could truly believe whit he wis sayin.

But even as he wis sayin it, Toivo wis raisin his crossbow.

'Naw, Toivo!' cried Joel. Nikolas tried tae think, lookin aroond him, as if the answer could be foond somewhaur in the frichtsome daurkness o the forest.

There wis ainly wan thing tae dae. 'Aw richt. We'll cam wi ye on the adventure. I wid love tae meet the king.'

'He's leein,' said Toivo.

Joel looked intae his son's een, and in that instant Nikolas kent that he unnerstood, as mibbe ainly a faither can. 'Naw. He's no. Ye arnae, are ye, Nikolas? Because if ye are leein you will be killed and there will be nothin I can dae aboot it.'

'Naw, Da.' Nikolas took a deep braith. 'I'm no leein. I've chynged ma mind. I wis being daft. Thae elves lockit me in a jile wi a murderous trow. I dinnae owe them onythin.'

There were a few moments when naebody

spoke. The ainly soond wis the cauld wund whusperin through the trees.

Then Anders duntit Nikolas on the shooder. 'Guid laddie. Ye've done the richt thing, has he no, Joel?'

'Aye,' said Joel. 'He ayewis does.'

'Weel, guid. That's settled. We better get some rest noo,' said Anders. 'Big day the morra.' He pit his airms aroond Tomas and Toivo.

'The laddie and the reindeer hae tae sleep awa fae the elf craitur. Jist tae be safe,' said Tomas.

'I'm fine wi that,' said Nikolas.

Joel wisnae entirely happy. 'But wait, whit aboot the elf? Whit if he uses his magic? Ane o us needs tae stey on guaird, tae mak shair he doesnae escape.'

'Guid point,' said Toivo, rubbin his een. 'I'll dae it.'

'Toivo, you're ower wabbit,' said Anders. 'Ye've drunk ower muckle cloodberry wine as ayewis. We need somebody else.'

'I'm no wabbit at aw,' said Joel. 'I'll dae it. It's ma son that caused this stooshie. I feel I'm tae blame.'

'Aw richt, then. That maks sense. Wauk me at first licht and I'll tak ower.'

Anders pointit tae the pines on the ither side

o the campfire, ayont the clearin, towards the glen. 'You can sleep ower there.' He clapped Blitzen on the back, sleeked doon his snaw-damp fur.

'Sorry, auld freend. Nae haurd feelins aboot the arra, eh?'

Blitzen thocht aboot this for a meenit and then sterted daein the toilet on Anders's lang johns.

'Haw!' cried Anders, and Tomas burst oot lauchin. Anders couldnae help lauchin and aw, which caused the ither men tae jine in.

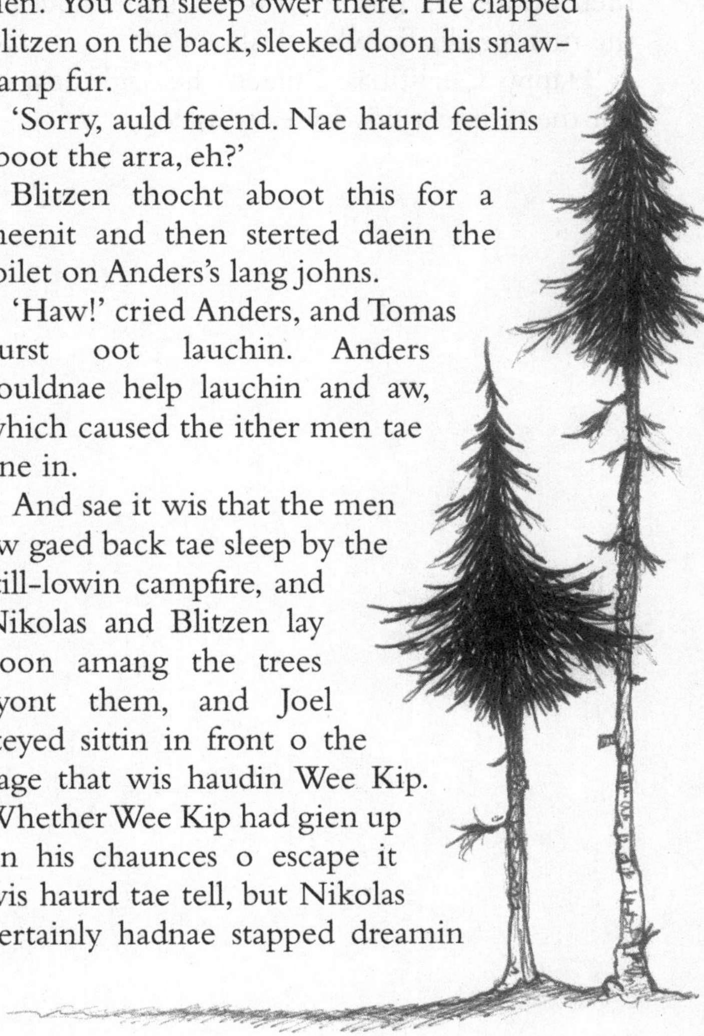

And sae it wis that the men aw gaed back tae sleep by the still-lowin campfire, and Nikolas and Blitzen lay doon amang the trees ayont them, and Joel steyed sittin in front o the cage that wis haudin Wee Kip. Whether Wee Kip had gien up on his chaunces o escape it wis haurd tae tell, but Nikolas certainly hadnae stapped dreamin o helpin him. He lay cooried intae Blitzen, their bodies warmin each ither as the voices o the men gradually wheeshtit.

'Happy Christmas, Blitzen,' he said, dowily, but the reindeer wis awready asleep.

Somethin Guid

Nikolas lay waukened, starin up at the fu muin for a lang time. As he wis doverin aff tae sleep he heard a soond. Nae mair than a whusper, lost in the wund. He looked up, and saw his faither, slawly pushin the sleigh towards him and awa fae the camp. The elf couldnae hae been aw that heavy because the sleigh wis flittin easily. Wee Kip wis inside the cage, silent and wide-eed, haudin ontae the bars.

'Whit are ye daein?' whuspered Nikolas.

Joel pit a fingir tae his lips, then took the rope harness he'd been usin tae pou the sleigh aff his shooders and gaed ower tae Blitzen tae pit it ower his heid.

Nikolas couldnae believe it.

'I kent ye were gonnae try and free the elf,' said Joel. 'Which is really a glaikit idea, by the wey. Awfie, awfie glaikit. But it is Christmas. And yer birthday. And ye're still ma son. And I want ye tae stey alive. Sae, gie's a haun.'

Nikolas whuspered in Blitzen's lug. 'Keep the heid,' he said, in a voice sae quiet the reindeer micht no even hae heard him. Blitzen slawly got up and stood stane still as they pit the harness ower him. The fire had dee'd noo and the men were aye sleepin their drunken sleep. Nikolas felt nervous, but streengely happy and relieved, tae. His faither still had guidness in him efter aw.

Ane o the men – mibbe Toivo, though it wis ower daurk and faur awa tae tell – rowed ower and grummled a wee bit. Nikolas and Joel held their braith and waitit for him tae settle.

The harness wis on.

'Aw richt, we're ready,' whuspered Joel, as the wund drapped. It wis as if the forest wis streenin tae listen tae their plans. 'Noo get on yer reindeer and flee awa.'

'Da, please come wi us.'

'Naw. I'll slaw ye doon.'

'Blitzen's strang. And fast. You could be on

the sleigh, makkin shair that Wee Kip is aw richt. Ye cannae stey here. They'll kill ye.'

Toivo – aye, it wis definately Toivo – his lang skinnymalinkie frame shiftin as he lay in the daurk, wis clearly visible noo.

Nikolas had never seen his faither this frichtit afore. Even when faced wi the bear. And the fear he saw in his faither's face quickened Nikolas's hert.

'Aw richt,' said Joel. 'I'll get on the sleigh. We hae tae go. Quick.'

Nikolas sclimmed on Blitzen's back. Then he leaned forrit tae whusper again in the reindeer's lug. 'C'moan, laddie, as fast as ye can. Let's get oot o here.'

Noo Toivo wis properly waukened. He wis kickin at the bitts o the ither men and ragin at them tae get up.

'They're gettin awa!'

Blitzen heaved towards a clear line atween the trees, strauchlin as he switched fae walk tae trot.

'C'moan, Blitzen. You can dae it, boay. C'moan! It's Christmas Day! Use yer magic!'

Nikolas heard a streenge hushed whustle. Tae his horror he saw an arra speedin through the air. He dooked, savin his heid by a fraction.

Blitzen wis strauchlin. He couldnae brek intae a gallop – no wi the wecht o the sleigh and the cage and Wee Kip and Joel and Nikolas. A second arra wheeshed by.

Blitzen gained speed, but no eneuch. The trees were that close thegither. He jouked dangerously atween them. Nikolas, hingin on for dear life, turned tae see the sledge tilt tae the left, nearly cowpin Joel aff.

Nikolas could haurdly think, his brain a rammy o trees and speed and fear.

Arras and stanes were noo fleein though the air.

And then, the verra warst thing o aw happened.

Nikolas heard a scream ahint him – an agonised yowl which tore through the nicht. He turned tae see his faither, wha wis staundin at the verra edge o the sleigh, wi a piece o thin, feddered widd stickin oot fae his shooder. Bluid wis awready skailin oot ontae his patchwark sark.

'Da!' Nikolas cried as anither arra whustled by his lug.

Then Nikolas felt Blitzen's wecht, pressin upwards. It wis happenin.

But as they sterted tae lea the groond, a stane

fae the catapult hit Blitzen's chist. Mibbe it wis the fleg or the pain but the dunt took it oot o him. He tried tae tilt back and heeze higher as they gaed ower the men's heids. But Nikolas could see this wisnae gonnae wark, they were heidin *intae* the trees and no *ower* them. His face got skelped by snawy brainches. Pine needles filled his mooth. As the arras flew, the daurk wis strippit wi bleck lines.

'C'moan, Blitzen!' cried Nikolas, cawin the reindeer on tae defy gravity. But puir Blitzen wis strauchlin. He crashed back tae earth but kept gallopin, tryin tae lift aff again.

'It's ower . . . heavy,' moaned Joel, in agony as he grupped his shooder wi his haun.

Nikolas kent his faither wis richt but he noticed that the trees up aheid were thinnin.

'It'll be aw richt!' shoutit Nikolas. 'C'moan, Blitzen!'

Nikolas felt Blitzen's feet touchin nothin but air, a saft floatin upward, but still it wis nae guid. His haill body wis ticht wi effort and the sleigh wis draggin them back doon. Nikolas tried tae use his ain magic. Fear had turned his mind intae a whidder o thochts, sae he couldnae haud a wish for lang afore it flew awa like paper in the wund.

'Ye dinnae unnerstaund!' shoutit Joel. 'The glen! The river!'

And then Nikolas unnerstood. It wisnae jist the trees that stapped aheid o them. It wis the land as weel. It disappeart intae nothin, like a horizon that wis ower close, ower low. They were ainly metres awa fae a deep, deep daurk drap towards the river.

'You winnae be able tae cross! The ainly wey is tae flee!' shoutit Joel. 'It's ower heavy.'

But Nikolas wisnae giein in. Wi ivry nerve in his body, wi ivry molecule inside him, he hoped and prayed and cawed on the magic – his ain and Blitzen's – tae wark. 'C'moan, Blitzen! C'moan, boay, you can dae it! Flee!'

The reindeer riz again intae the air, but jist a wee bit. They crashed intae mair brainches. Joel wis haudin ticht ontae the cage noo. Nikolas heard Wee Kip pewlin in fear.

'Och naw!' said the elf. 'Och naw, och naw, och naw, och naw!'

'I'm weighin ye doon!' said Joel. 'I'm gonnae lowp.'

The words rived at Nikolas like teeth.

'Naw, naw, Da! Dinnae!'

He turned aroond. Joel's face wis fu o anither kind o pain noo. The pain o fareweel.

'Naw!'

'I love ye, Nikolas!' he yelloched. 'I want ye tae mind o me for somethin guid.'

'Naw, Da! It will be . . .'

They were richt at the edge noo. Nikolas felt it, afore he saw it. The sudden lichtenin, the quickenin o Blitzen's pace as Joel lowsed his grup on the cage and fell tae the groond ablow. Nikolas – tears burstin fae his een – saw his faither curled up in the snaw, gettin smawer and smawer and finally disappearin

in the daurkness. Jist as his mither had disappeart intae the daurkness o the well. Nikolas's hert fell as whit had jist happened hit hame. He wis aw alane in the warld noo.

Blitzen, wi a lichter load, and the smeddum tae cairry his cargo tae safety, soared high abune the glen, fast and strang, awa intae the lift.

Ridin Through the Air

The sadness Nikolas felt then wis incredibly sair. Tae loss somebody ye love is the verra warst thing in the warld. It creates an invisible hole that ye feel ye are fawin doon and will never end. Folk ye love mak the warld real and solid and when they suddenly gang awa forever, nothin feels solid ony mair. He wid never hear his faither's voice again. Never haud his strang hauns. Never see him wear his reid bunnet.

The tears on Nikolas's face froze as he flew through the cauld air. It wis the dowiest o birthdays, the dowiest Christmas ever. He cooried in tae Blitzen's back, feelin his warmth, ainly occasionally lookin ahint him tae mak shair the sleigh and the cage were aye there.

Wi his lug tae the reindeer's fur, he could hear the bluid pumpin aroond Blitzen's body. It seemed looder than the soond o gallopin.

He'd been greetin since his faither had

lowped aff the sleigh. Had he dee'd as he had fawn? Or had Anders and Toivo and aw the ithers raxed him first? Either wey, he feared the result wid be the same. He wid never see his faither again. He felt it, a yowlin emptiness, inside his hert.

Slawly the lift became licht.

'I'm sorry,' said a smaw voice ahint him. 'It's aw ma faut.'

Nikolas had haurdly heard Wee Kip say a word (apairt fae 'och naw') until noo.

'Dinnae be sorry!' Nikolas shoutit back, dichtin a tear fae his ee. 'Nane o this is yer faut!'

A wee bit time gaed by.

'Thank you for savin me,' cam that same smaw voice.

'Listen, I ken ye think ma faither wis a bad human. And it wis a bad thing he did. But there wis guid as weel. He wis jist weak. We had nae siller . . . Humans are complicatit.'

'Elves and aw,' said Wee Kip.

Nikolas gawped intae the whiteness o the

snaw cloods aw aroond him. Even sclimmin through smaw lums or fleein through the air wis easier than believin in life. Yet, as Blitzen galloped on, Nikolas kent that he had tae cairry on and return Wee Kip tae his hame. He jist had tae.

'Ye're a freend,' said Wee Kip.

They flew ower the moontain, and this time Nikolas could see Elfhelm straicht awa – the Street o Seeven Curves, the touer, the clachan ha, the Widded Hills, and the loch.

By the time Blitzen landit richt in the middle o the Reindeer Field, a crood had awready gaithered. Nikolas wisnae feart because nothin in the warld could fleg him noo. He had lost his faither. Whit could the warld fling at him that

wis warse than that? Even when, efter sclimmim aff the reindeer, he saw the crood pairt tae mak wey for Faither Vodol, wha wis mairchin towards them, he still didnae feel fear. Jist emptiness.

'Sae, the son o Joel the Widdcutter has returned,' said Faither Vodol.

Nikolas noddit towards the widden cage.

'Whit's gaun on?'

'I've brocht Wee Kip back tae Elfhelm,' announced Nikolas, lood eneuch for awbody tae hear.

'It's true, Faither Vodol,' said a smilin, white-whuskered elf walkin towards them. It wis Faither Topo, closely follaed by Wee Noosh. 'Nikolas has saved Wee Kip! It's the news we've aw been waitin for.'

'Aye,' said Faither Vodol, shawin Nikolas a reluctant smile. 'Aye, I suppose it is. But noo the human must go back tae the touer.'

The crood raired in disagreement.

'But it's Christmas Day!'

'Lea him alane!'

Faither Topo shook his heid. 'Naw. No this time.'

'Eneuch o this guidwill! Faither Topo, nae mair words oot o you. The human must return tae the touer. That is hit. End o story.'

The crood o elves grew angrier, and twa-three o them flung some extra-foostie dauds o gingerbreid at Faither Vodol's heid.

Faither Topo looked carnaptious for the first time in his life. 'You will hae a rammy on yer hauns. The human laddie is a hero.'

And the elves sterted chantin: 'Hero! Hero! Hero!'

'You ungratefu elves!' shoutit Faither Vodol at the tap o his voice, which wis awfie, awfie lood. 'Dae ye no ken aw the things I've done for ye? Hoo safe I've made ye by gettin rid o guidwill and joy?'

'I didnae mind guidwill, noo I come tae think o it,' said wan elf.

'And joy wisnae aw that bad either,' said anither.

'And I miss spickle dauncin.'

'Me and aw!'

'And proper pey! Three chocolate bawbees isnae eneuch tae live aff.'

'And being nice tae non-elves.'

And on and on it gaed, the leet o complaints, and Faither Vodol, as the democratically electit heid bummer o Elfhelm, realised he had nae choice. 'Aw richt,' he said. 'Afore we decide whit tae dae wi the human laddie let us first tak Wee Kip hame.'

And an awmichty rair riz up through the crood and mony began spickle dauncin, illegally. Nikolas looked aroond and gret again, but this time his tears had a wee bit o happiness in them. The kind o happiness that can ainly be felt by being aroond the joy and guidwill o elves.

A Laddie Cawed Christmas

See Wee Kip, his parents were cawed Moodon and Loka. They were jist ordinary warkin cless elves, but wi specialisms, sae were wearin the blue tunics. Moodon wis a gingerbreid baxter and Loka wis a makar o toys, specialisin in spinnin taps, wha had fawn on haurd times recently, as elves had lost interest in playin. They steyed in a cabin on the edge o the clachan, made o widd, but wi gingerbreid chairs and tables and presses, no far fae the Widded Hills.

Mind ye, that's no important. Whit is important is that Nikolas had never seen onybody look as happy as Moodon and Loka when he brocht Wee Kip tae their doorstane.

'I cannae believe it. Whit a miracle!' said Loka, burstin oot greetin. 'Thank you awfie muckle. This is the best Christmas present ever!'

'It is Nikolas ye should be thankin,' said Faither Topo, pushin the laddie forrit.

'Aw thank you, thank you, thank you,

Nikolas.' Loka hugged Nikolas's knaps tichtly, nearly cowpin him ower. 'Hoo can I ever pey ye back? I will gie ye toys! I've been makkin spinnin taps – hunners o them. Hing on.'

'And I'll bake ye the *best* gingerbreid!' said Moodon, wha had ginger hair and a ginger beard. He awmaist looked like he wis made oot o gingerbreid.

Faither Vodol couldnae help but froon at the sicht o elves thankin a human being. 'Weel, he is an escaped convict, sae he really should be gaun back tae the touer.'

Huge tears began tae clood Wee Kip's lift-blue een.

Nikolas mindit the cauld daurk furnace room he had been lockit inside, and realised – richt then – that nae maitter hoo dreich life micht be wioot his faither, it wid be even mair dreich spent lockit up in a touer.

'It's weel seen that wid be an awfie unpopular decision,' said Faither Topo firmly.

'I ken it's no ma place as I am no on the cooncil but I think this particular human is a hero for rescuin ma son. A real Christmas hero!' said Loka.

And even Mither Ri-Ri agreed that Nikolas shouldnae gang back tae the touer. 'I think we need tae rewrite some o thae elf laws,' she suggestit.

Faither Vodol wisnae happy. He grummled. He paced aroond. A nearby clog shoogled itself fae the clog rack and fell aff and whuddit on tae the flair. Awbody glowered at the clog. They kent that it wis because Faither Vodol wis in a mingin mood.

'Faither Vodol!' said Mither Ri-Ri, scunnered.

'I'm sorry. But ken, he is a *human*. We ken whit humans can dae. We cannae get aw saft and sappy aboot humans jist because o wan wean.'

Faither Topo, aye wice and thochtfu, clicked his tongue. 'You dae realise, this human will help ye sell hunners o newspapers . . .'

Faither Vodol stapped. Nikolas could see his gas wis at a peep because he kent this tae be true. At lang last, in the tottiest voice imaginable, a word creepit oot o the side o Faither Vodol's mooth. 'Mibbe.'

Faither Topo placed a haun on Nikolas's shooder. Or tried tae. He couldnae rax up that high, sae he clapped his airm insteid. 'Sae gonnae gie him a pardon?'

There wis an awfie lang pause. It wis a pause faur langer than thir twa sentences, but that pause at lang last cam tae an end.

Faither Vodol noddit the smawest nod that has ever been noddit by elf or human. 'Aye.'

'Hooray!' said awbody that wisnae Faither Vodol.

'I think we should hae a Christmas pairty tae celebrate,' said Mither Ri-Ri.

Faither Vodol tutted. 'We *had* a Christmas pairty twa days ago.'

'That wis a *honkin* pairty,' splootered Mither Ri-Ri. 'C'moan. He deserves yin!'

'I wid be awfie honoured,' said Nikolas. 'But I think the nicht, me and Blitzen wid jist like tae rest.'

Loka arrived back in the room haudin seeven spinnin taps, a snaw globe, a saft cuddly bear and an airt set. The spinnin taps in particular looked bonnie. Aw o them were made wi bricht colours – reids and greens maistly, aw haun-paintit. They were the brawest toys Nikolas had ever seen. It wis ower muckle tae cairry. Twa o the peeries fell and sterted spinnin by themsels on the flair.

Faither Topo, aye his wice and thochtfu sel, took a biscuit fae his pooch and nabbled it. 'Is it no wunnerfu? Jist the simple act o giein presents.'

'No really,' said Faither Vodol.

'Ken?' said Nikolas, as Loka tried tae gaither

up the toys fae the flair, 'jist the wan spinnin tap will dae me!'

Loka shook her heid, causin her lang plaits tae swey fae side tae side, as even mair spinnin taps drapped tae the flair. 'Naw. Ye need mair than wan spinnin tap. Spinnin taps are awfie important. They relax ye. They tak yer mind aff things. I jist need tae find somethin tae pit aw yer presents in.' She looked aroond. Wee Kip pointit tae his faither's stockins.

'Guid idea!' agreed Loka. 'Moodon, tak aff yer stockins.'

'Whit?'

'They're the perfect size for aw these spinnin taps. Gaun. Tak them aff. Ye've plenty ithers.'

Sae Moodon took aff his woollen stockins, in front o awbody. Nikolas wis surprised that elf legs were sae hairy. Weel, Moodon's were.

Wance they were aff, Loka pit aw the toys inside. 'See! The perfect size. Mibbe we should ayewis use stockins tae cairry toys. There ye go! Merry Christmas!'

And though stockins fu o toys didnae mak awthin better, Nikolas felt a wee bit happier kennin he had made somebody else happier. And then he said cheerio tae Wee Kip and heidit oot wi Faither Topo intae the caller nicht, whaur Blitzen waitit ootside, starin at him wi lovin een that spairkled like the snaw.

The Muckle Decision

Blitzen settled back in the Reindeer Field wi Donner and Dasher and Vixen and aw the ithers, and ower the nixt few weeks Nikolas observed that the reindeer seemed tae like Blitzen's gallus sense o humour. They were ayewis lauchin at him. Weel, it wis impossible tae tell if the reindeer were really lauchin, as reindeer lauchter is gey haurd tae jalouse, but their een shone brichter whenever he wis aroond.

And Nikolas steyed in Faither Topo's cabin. He steyed there for mony weeks. He ate the delicious gingerbreid that Moodon made and enjoyed playin cairds (aw haun-paintit by Loka) wi Wee Noosh. Wee Noosh, like aw elves, wis amazin at caird gemmes but noo and again she wid let him win. He mixed weel, and made freends wi elves, and never cared a hoot aboot the colour o their tunic.

The sadness inside him wis strang, though. He tried tae mind the guid side o his faither. It had ayewis been there, unnerneath, like the bricht reid aneath the clart on his bunnet. Nikolas washed the bunnet and wore it and he wis determined for that guid side tae live on inside himsel, and for him never tae loss it.

'I've been thinkin,' said Nikolas, efter a month in Elfhelm. 'It's time for me tae gang back tae the human warld.'

'Weel,' Faither Topo wid say, 'if that is whit ye want tae dae, then you should dae it.'

And wan day he even got Blitzen tae flee him tae Kristiinankaupunki. As he flew, he kept an ee oot for his faither, the wey he had looked for him afore. But o coorse there wis noo nae faither tae be foond. They landit on the kirk roof, and Nikolas sclimmed doon the touer. He spent the day amang the humans. He gowked in the windae o the toyshop, at the elf dolls that looked faur ower square-heidit and simple tae be elves. He saw the saft cuddly doll o King Frederick. He saw a laddie walkin oot wi the widden reindeer. He mindit that yeukin inside him, when he used tae gawp in wi his da, tae hae the toys that ither bairns had. Noo aw he did wis yeuk tae be by his faither's side.

The plan had been tae gang back tae the bothy, but there wis nae wey. Why choose tae

bide wi a crabbit auntie when ye could bide in a place o joy and magic? Why bide in a place stappit fu o mindins o a past that cannae be brocht back? Sae he made the decision. He wis gaun tae bide wi the elves for ever.

But because Nikolas kept skelpin his heid on the roof beams at Faither Topo's cabin, it wis decided that he should hae a hame o his ain. Sae the elves biggit a pinewidd hoose for him, wi some gingerbreid and candy cane furnitur. The ainly thing Nikolas had been certain tae spier the architects for wis a view o the Reindeer Field. Sae they biggit the hoose richt on the edge o the snaw-covered gress, sae that fae aw the sooth-facin windaes he could see Blitzen at ony time.

Whiles, when Blitzen wis in a guid mood, he wid flee circuits aroond Nikolas's hoose, gallopin fast through the air past aw the upstairs windaes. Noo and then, a wheen o the ither reindeer jined in – Prancer and Comet, usually, and whiles Dasher, though never Donner, as she wis faur ower sensible. Nikolas felt lucky. He thocht o Auntie Carlotta and sleepin oot in the cauld. There were mony warse weys tae live as an eleeven-year-auld laddie, than surroondit by magic and elves and reindeer.

When he wis twal, Nikolas wis electit tae the Elf Cooncil efter being pit forrit for election by Faither Topo. Even Faither Vodol wis in favour o this idea, as he kent that it wid mak anither guid front page for the *Daily Snaw*. Particularly because Nikolas wis the youngest person, or elf, ever tae be honoured in this wey.

Then, as Faither Vodol had stood doon as elf heid bummer, tae return tae his media wark, there wis anither election. For the heid bummership o Elfhelm.

Nikolas won the election by seeven thoosand, nine hunner and eichty-three votes, wi ainly wan elf votin against the idea.

Sae Nikolas wis cawed Faither Nikolas, which Nikolas thocht wis gey funny, as he wis ainly twal and clearly no a faither, but that wis the wey o it in Elfhelm. Mither Vodol, Faither Vodol's mair joco younger sister, suggestit that he should hae an elf name, as Nikolas soondit a bit too like *neekalis*, a pure bowffin trow cheese.

'Aye,' agreed Mither Ri-Ri. 'I dinnae want tae think o foostie cheese ivry time I say yer name!'

'Oh a-a-aye,' said Mither Breer, the nervous beltmakar that had recently been appointit as a cooncil memmer, follaein a sympathy vote efter a gang o pixies had tanned her hoose. 'That is t-t-t-t-true. "Neekalis" is an awfie bad word. It is n-n-nearly as bad as "honkin m-m-m-m-mudfankle". Or "impossible". We hae tae think o s-s-somethin else.'

At which point Faither Topo interruptit: 'Hoo aboot we spier Nikolas?'

There wis ainly wan name that cam tae mind.

'Christmas,' said Nikolas.

'Whit aboot Christmas?' girned Faither Vodol. 'That's no for seeven months yet.'

'Naw, I mean, why dae ye no you caw me Christmas? Faither Christmas.'

Aw the elves sittin in the cooncil chaumer noddit.

'Why that name?' spiered Faither Topo, scutterin wi a biscuit.

'Ma maw and da used tae caw me it. When I wis a wee laddie. Because I wis born on Christmas Day. It wis a nickname.'

'Faither Christmas?' said Faither Vodol, no shair. 'It doesnae soond awfie memorable.'

'I like it,' said Faither Topo. He cramshed on his biscuit, gettin crumbs aw ower his mowser. 'I mean, ye brocht Wee Kip back on Christmas Day, did ye no? It fits. Faither Christmas.'

'Christmas is a time o giein,' said Mither Ri-Ri. 'And you yersel were a gift. A human gift.'

Nikolas felt mindins come floodin back. A tear rowed doon his cheek.

Faither Christmas.

He mindit thae early Christmases when his parents had baith been alive, and they had gane tae sing carols in the toun square at Kristiinankaupunki. He mindit the joy o that later Christmas, when his faither had shawn him the sleigh he had been buildin and hidin in the forest. Even the tumshie-doll had been special at the time.

He smiled, dichtin awa that happy tear, and soondit the name ower in his mind. 'I think Faither Christmas is perfect!'

'Braw,' said Faither Topo, swallaein the last o his biscuit. 'Time tae get the gingerbreid oot!'

A Last Visit tae Auntie Carlotta

The first thing Faither Christmas did wis tae undae aw the things Faither Vodol had done.

'Elves should be free tae wear whitever tunic they like,' he said. 'No green tunics and blue tunics and aw that. Och, and they can sit at ony table they want. And spickle dauncin should be encouraged. And singin can be joyfu again, and scran be enjoyed . . .'

And the elves o the Elf Cooncil aw agreed.

'And there should be joy and guidwill . . .'

'Joy and guidwill!' said Mither Ri-Ri. 'Really? That's takkin it a bit faur.'

'Aye. Mibbe it is. But elves used tae be happy, and they can be happy again.'

And then cam a cry o 'Joy and guidwill!' And awbody wis sayin it. Weel, no awbody. No soor-faced Faither Vodol for instance. But even he managed a smaw smile.

Aye, there wis nae gettin roond it. The human

Hoo tae Spickle...

laddie had brocht happiness back tae Elfhelm. And happiness wis here tae stey.

That evenin, Nikolas lowped ontae Blitzen's back and took aff on wan last voyage. He wantit tae see the hoose he had left ahint. Sae they flew in a straicht line, fast and gleg, back tae the bothy whaur he had grown up. They landit nixt tae the well which his mither had fawn intae, and he sat on a tree scrag that had been chappit by his faither. He walked back tae the bothy, which still reeked faintly o foostie neeps, and saw Auntie Carlotta wisnae there. He sat inside, and breathed it aw in, kennin it wid probably be the last time he wid cam here.

Later, fleein back, they saw Auntie Carlotta walkin tae Kristiinankaupunki. As they flew ower her heid, she keeked up, and Nikolas thocht that it wid be guid for her tae believe in magic. Sae he shoutit at her fae a great hicht.

'Auntie Carlotta! It's me! Fleein on a reindeer! I'm aw richt but I winnae be comin hame again!'

And Auntie Carlotta keeked up, jist in time tae see Nikolas wavin at her in the lift on the back o a reindeer. And tae see somethin broon, skitterin fast towards her.

Ye see, while Nikolas wantit Auntie Carlotta

tae believe in magic, Blitzen – weel, Blitzen had anither idea. And he wis skelp on tairget too. The muckle reindeer keech landit richt on her heid, and covered her best toun claes.

'Ya middens!' she skraiched at the lift, dichtin the honkin daurk glabber aff her face.

But by then, Blitzen and Nikolas had disappeart back intae the cloods.

Hoo Faither Christmas Spent the Nixt Ten Year

1. *Eatin gingerbreid*

Haein spent his first eleeven year kennin ainly mushroom soup he spent the nixt ten year eatin the kind o scran elves eat. No ainly gingerbreid but cloodberry jam, blaeberry buns, blaeberry pie, sweet ploom soup, chocolate, jeely, sweets. Aw the major elf food groups. There wis ayewis scran tae scoff, at ony time o day.

2. *Growin*

He had grown awfie tall, double the hicht o the tallest o aw elves, Faither Vodol.

3. *Talkin tae reindeer*

He sterted tae realise that reindeer hae their ain language. It wisnae a language usin their mooths, but it wis a language. And he liked nothin mair than tae gang oot and talk tae them. They talked aboot the weather a lot, had seeventeen thoosand, five hunner and saxty-three words for moss (but ainly wan for gress), believed antlers explained the universe, loved fleein, and thocht humans were jist elves that had gane wrang. Prancer wis the biggest blether, and ayewis telt jokes, Donner wis ayewis fu o compliments, Cupid spoke o love, Vixen wis incredibly dour and liked spierin deep questions ('If a tree faws in a forest, and naebody sees it, does it really faw?'), Comet made nae sense at aw, and Blitzen wis aye gey quiet, but Nikolas liked his company best o aw.

4. *Warkin on his image*
Obviously Nikolas needit special claes, as there wis nae elf claes in existence that he could fit intae. So Mither Breer made his belts (bleck leather wi a fantoosh siller buckle) and an elf cawed Shoehorn (aye, really!) made his bitts and the clachan tailor Faither Loopin made his claes, which were the brichtest reid.

5. *Wearin a bunnet*
His faither's bunnet, tae be precise. Clean and fresh and hotchin wi colour again.

6. *Being joco*
Ivry day, no ainly did he wear his reid and white ootfit, complete wi shiny bleck belt and bitts,

but he wis determined tae be as joco as could be, because the easiest wey tae mak ither folk happy wis tae be happy yersel, or at least tae act as if ye were. That wis hoo his mither had done it. And even his faither as weel, wance upon a time.

7. *Scrievin*
He screived the three bestsellin books o the decade in Elfhelm, sellin ower twinty-seeven copies each. *Hoo tae Be Joco: The Faither Christmas Guide tae Happiness*, *Sleighcraft for Eejits* and *The Reindeer Whusperer.*

8. *Warkin*
He warked haurd as the heid bummer o the Elf Cooncil. He opened nursery schuils and play parks. Attendit ivry borin meetin. He warked oot a peace deal wi the trows. And turned Elfhelm intae a happy place o toys and spickle dauncin wance mair.

9. *Mindin*
He aften thocht o his faither. He thocht as weel o the human warld he had left ahint, and felt sad that his brither and sister humans couldnae share the wunners o Elfhelm. He sterted tae

think, gradually, ower the years, aboot whether tae tak some o the guidness fae here – some o the magic – and spreid it aroond the human warld.

10. *Makin freends*

Nikolas had never had freends afore. Noo he had seeven thoosand, nine hunner and eichty-three freends. They were maistly elves, but that wis aw richt, because elves were the best kind o freends tae hae.

Ill-trickit and Guid-hertit

Aye. Nikolas made thoosands o guid freends amang the elves, and wis somethin o a role model for Wee Kip and Wee Noosh (wha noo werenae that wee, and were cawed jist Kip and Noosh).

'Why dae ye think some humans are ill-trickit?' Kip spiered him, wan day, while Nikolas took him and Noosh oot for a sleighcraft lesson. They were aw thegither on the sleigh, which noo had a comfy seat made by Faither Topo. Kip wis braw, for an elf, wi corbie-bleck hair and a dimple in his chin, while Noosh still had a blythe wildness tae her. She ayewis mindit Nikolas o a warm fire made intae an elf.

They were somewhaur ower Norroway. Even though it wis the middle o the day it wis ayewis safe tae flee ower Norroway, as there were still ainly eicht folk bidin there.

Noosh wis haudin the reins, glowerin aheid, as Blitzen and Donner and aw the ither reindeer pooered through the air.

'Maist humans are jist a mixter-maxter o guid things and some no sae guid things,' said Nikolas.

'Like reindeer,' said Noosh.

'I suppose sae.'

'But wi reindeer it's easy,' said Kip, pouin oot a sheet o runkled paper fae his pooch. He haundit it tae Nikolas. Kip had drawn a line doon the middle and on wan side pit 'Ill-trickit' and on the ither 'Guid-hertit'.

'Puir Vixen,' said Nikolas, seein she wis the ainly reindeer in the ill-trickit leet.

'Weel, she bit Prancer the ither day.'

'Did she?'

'But Prancer wis on the leet last week. Then I telt him I'd gie him a biscuit if he wis guid.'

Nikolas thocht aboot this for a wee while, but the thocht soon meltit awa, like snaw in the sun.

Noosh airted the sleigh, carefu-like, tae jouk roond a rain clood. She wis the best sleigh rider in Elfhelm noo, nae doot aboot it.

'Why dae ye no gie them some magic? The humans, I mean,' said Noosh.

'Ho ho, Noosh! It's no as easy as that. C'moan, we'd better get back tae Elfhelm.

Yer granda will be waitin on you, yer parents and aw, Kip. And thir reindeer will be gettin hungry.'

'I'm twa and twinty nixt week,' Nikolas telt Faither Topo, a few meenits efter they had landit. They were feedin the reindeer while Noosh and Kip were tryin oot some spickle daunce moves. Faither Topo looked at Nikolas. He had quite a wey tae look noo onywey, because Nikolas wis noo ower sax fit tall. He wis taller than his faither had been. Aye, Nikolas wis a tall, strang, smilin, braw-lookin human, wha – in spite o the smile – ayewis wore a slicht froon. As though he wis permanently *dumfoonert* aboot somethin, a mystery he hadnae quite warked oot.

'Aye. I ken,' said Faither Topo, as a breeze kittled his white whuskers.

'Dae you think that will be the age I find oot wha I'm meant tae be?'

'Mibbe. But ye'll ken when ye find yersel, because then ye will stap gettin ony aulder.'

Nikolas kent this. He kent that onybody wi elf magic inside them never grew aulder than the age when they were truly happy wi themsels.

'It took you ninety-nine year, did it no?'

Faither Topo seched. 'Aye, but that wisnae normal.' He gied Vixen a biscuit. 'There ye go, ye crabbit thing.'

'But . . .'

'Dinnae think aboot it. Look at Blitzen. Look at his antlers. They havenae chynged in twa year. He has foond his perfect age wioot even thinkin aboot it.'

Nikolas keeked back towards the Main Wey that led

towards the Street o Seeven Curves. He looked at the giant clog hingin ootside the clogmakars, and the wee spinnin tap paintit ontae the sign ootside the toymakars. He saw Minmin at her newspaper staund sellin the *Daily Snaw*. Ivry elf had a

purpose. Then he turned back tae the field, the reindeer and the oval loch – less like a mirror the day as the watter pirled in the breeze.

'I need tae dae somethin. Somethin muckle. Somethin guid. There's nae point being heid bummer o the elves unless I lead them *somewhaur.*'

'Weel,' said Faither Topo, saftly, 'whitever ye decide tae dae, you ken aw o us will be ahint ye. Awbody loves ye. Awbody is the happiest they hae been since Mither Ivy's rule a lang time ago. Even Faither Vodol kind o likes ye nooadays . . .'

Nikolas lauched oot lood. 'I dinnae believe it.'

'Och aye,' said Faither Topo. 'The guidness has won in him. And the guidness is spreidin far and wide, ayont the clachan. Hae ye heard that the pixies dinnae growe hewlip ony mair? And there hae been nae brek-ins since Mither Breer had her belts stolen . . . The touer has been empty for a year noo and the trows dinnae bother us ony mair, though I think that's because they ken you bide here, and the story got oot. Faither Christmas – Trow Killer, ha ha!'

Nikolas noddit and guiltily mindit that day in the touer.

'Ye'll find somethin. And it will be somethin guid. They look up tae you. We aw dae. And no jist because ye're twice the hicht o us!'

Nikolas and Blitzen foond this awfie funny.

'Ho ho ho!' he said, as he gied the reindeer a cairrot. Then he thocht o somethin. 'Hmmm, whaur can I get a telescope?'

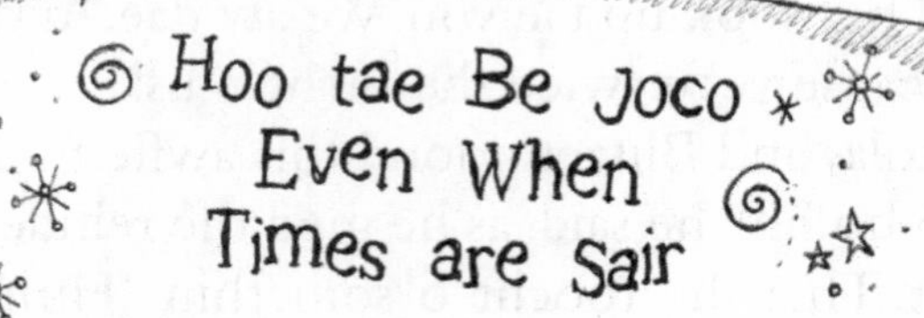

1. Eat mair gingerbreid, chocolate, jam and cake.
2. Say oot lood the word 'Christmas'.
3. Gie somebody a present, like a toy, or a book, or a couthie word, or a muckle bosie.
4. Lauch, even if there's nothin tae lauch aboot. Yon's the best time.
5. Think on a happy mindin. Or a happy future.
6. Wear somethin reid.
7. Believe.

(Extract fae Hoo tae Be Joco: The Faither Christmas Guide tae Happiness)

Faither Christmas Seeks the Truth

The nixt day, Nikolas heidit intae the Widded Hills wi a present. Whenever he saw onybody he hadnae seen for a while he took a present. There wis nothin that made him feel better than the simple act o giein. And the day the present he wis haudin wis a telescope that had been made by Picklewick, the elf that had wance shoutit at him when he wis up on the roof. He still felt bad aboot that, nae maitter hoo mony times Nikolas telt him no tae.

Onywey, Faither Topo had been richt. There were nae hewlip plants growin on the hills ony mair. There were still some roch patches o earth that hadnae been replantit, but elsewhaur there were jist cloodberries and ploom trees.

He walked until he raxed a yella cottage wi a thackit roof. It wis awfie, awfie smaw. He chapped on the door, and waitit. Soon a wee lang-haired, angel-faced pixie appeart.

'Hello, Truth Pixie,' he said.

The craitur smiled a wide pixie smile.

'Hello, Nikolas,' she said. 'Or should I caw ye Faither Christmas? Or should I say . . . *Santae Claus?*'

'Santae Claus?' said Nikolas. 'Whit does that mean?'

The pixie geegled. 'Och, it's jist a name the pixies hae for ye. The literal translation is "Streenge Man wi a Muckle Belly".'

'Charmin!' He held oot the telescope. 'This is for you. I thocht ye micht like it, especially as ye've got aw thir guid views aroond here.'

Nikolas felt a kittle o joy as he watched the Truth Pixie's een licht up.

'A magic viewin stick! Hoo did ye ken I wantit ane?'

'Och, jist a guess.'

The pixie pit her ee tae the telescope and looked ower at Elfhelm. 'Oh ya boay! Awthin is the same but bigger!' And then she turned it aroond and made awthin look smawer. 'Ha! Look at you! Wee Faither Christmas the pixie!'

'Ho ho ho!'

'Onywey, come ben! Come ben.'

Nikolas squeezed inside the tottie hame,

intae a yella room fu o bonnie pixie plates hingin on the waws. He sat on a wee widden stool, and had tae keep his heid bent low. The room wis warm, and smelled braw. Sugar and cinnamon wi mibbe a faint whuff o cheese.

The pixie smiled.

'Whit are ye smilin aboot?'

'I think I'm still a bit in love wi you. Efter you saved ma life that time.' Her face wis gaun reid. She didnae want tae say this, but when ye're a Truth Pixie ye cannae help it. 'I mean, I ken it couldnae wark oot atween us. A pixie and a human. You're faur ower tall and yer streenge roond lugs wid gie me nichtmares.' She seched, gawped doon at the yella tiled flair. 'I really wish I hadnae said that.'

'That's aw richt. I'm shair there's a wheen o fine pixies oot there.'

'Naw. Naw. Pixies are as dull as dub watter. But the truth is, I like being on ma ain.'

Nikolas noddit. 'Me and aw.'

There wis a bit o an awkward silence. No silence exactly, as there wis a wee scartin, munchin soond – a soond Nikolas kent but couldnae wark oot fae whaur.

'I read aboot ye in the *Daily Snaw* aw the time. You seem tae be awfie kenspeckle.'

'Um, aye.' Nikolas keeked through the tottie windae, at ane o the brawest views o Elfhelm, wi the giant moontain in the distance. He looked ower at the disused touer. Then he saw a shooglie auld moose, nabblin on a honkin daud o trow cheese. That wis the soond he had heard.

It couldnae be. But aye, it wis. It wis Miika.

'Miika. Miika! Is that really you?'

Miika turned his heid and looked at Nikolas for a moment.

'Miika, it's yersel. Hoo wunnerfu.'

'Actually, he's cawed Glump,' said the Truth Pixie. 'I foond him waitin in ma hoose, efter I wis lowsed fae the touer. He ayewis likes the scran I gie him. Especially the trow cheese.'

'It's a bit better than tumshie, eh?' Nikolas spiered the moose, saftly.

'Cheese,' said Miika. 'Cheese is real. I hae cheese.'

As Nikolas looked at the moose he thocht back tae his bairnhood ower ten year and a haill country awa. He thocht o his faither and his mither and Auntie Carlotta. It wis streenge. Seein somebody – even a moose – that had shared the same room as him opened the door tae a hunner mindins. But Miika didnae seem emotional and kept nabblin his cheese.

'I dinnae unnerstaund,' said the Truth Pixie.

Nikolas wis aboot tae tell her that Miika wis actually an auld freend, but watchin the beastie nabblin happily awa at the cheese he decided tae keep this information tae himsel. Miika wis clearly contentit in his widdland hame. 'It doesnae maitter . . . I hear you pixies are no being radges any mair.'

'Och,' said the Truth Pixie. 'We still love the *idea* o blawin up heids. But ye ken whit? Efter it happens you feel gey empty inside. And onywey, I've inventit this . . .'

She gaed ower tae a drawer and poued somethin oot. It wis a bricht reid kind o tube made oot o thick paper.

'Haud that end and pou it,' she said, haudin the ither end.

They poued and there wis a michty BANG!

Miika drapped the cheese then picked it up again in his tottie cleuks.

The Truth Pixie squaiked wi delicht. 'Dae ye no jist love it?'

'Here. I wisnae expectin that.'

'I'm cawin them "crackers". You can pit wee presents inside. And less tae redd up than when a trow heid blaws up. Onywey, why are ye here?'

'I cam tae see ye because I need tae talk tae somebody that can be honest wi me. I can talk tae elves, but they're sae thrang being kind that they're no ayewis sae guid at being truthfu. But you are.'

The tottie craitur noddit. 'Truth is whit I dae.'

Nikolas hesitated. He felt a wee bit embarrassed. He wis that muckle and tall, nixt tae a moose and a pixie, yet the moose and the pixie kent exactly wha and whit they were. They had foond their place in the warld. 'The thing is . . . I am human, sort o, but I hae magical abilities and aw. I am Nikolas. But I am noo Faither Christmas as weel. I am awfie in-atween. But it's no easy. I am telt that I jist need tae wark oot whit I want tae dae. The elves say I dae guid. But whit guid dae I dae?'

'Ye set up Guidwill Day, in honour o Mither Ivy. You've allooed spickle dauncin. Ye've gien aw the elves mair chocolate siller. Ye foondit the new elf nursery. And biggit the new play park. And the clog museum. And turned the jile back intae the Weelcome Touer. Yer books are still daein weel. No that I'm really intae aw that elf-help haivers. Ye passed yer sleighcraft exam. Ye learn young elves hoo tae flee sleighs.'

'*Awbody* passes their sleighcraft exam. And aye, I dae a bit o teachin, but I dinnae ken if that's ma destiny.'

The Truth Pixie tried tae think. 'Ye saved Wee Kip.'

'Ten year ago.'

'Aye, mibbe ye are livin on past glories, jist a wee bit,' said the Truth Pixie, solemnly. 'But the elves dae admire you.'

'I ken they respect me. But they shouldnae. They need a purpose. A true purpose. I havenae gien them that.'

The Truth Pixie thocht aboot this, and waitit on the truth tae come. This took a moment or twa. Three moments, in fact. Then she had it.

'Whiles,' she said, as her een shone wide and bricht, 'people look up tae folk no for wha they've been, but for whit they could become. For whit they ken they could be. They see in you somethin special.'

Miika had feenished his cheese noo, and scuddled ower tae the end o the wee table. He lowped ontae Nikolas's lap.

'Och, he likes ye,' said the Truth Pixie. 'That's

rare. He's normally awfie picky. Look, he's keekin up tae you. Jist like the elves dae.'

'I dae like you,' said Miika, in his quiet moose language, 'even though ye're no a dairy product.'

'Awbody looks up tae you.'

As the Truth Pixie spoke, Nikolas felt somethin steer inside him. That warm, sweet feelin. The feelin o magic and hope and kindness that wis the very best feelin in the warld. It telt him, wance again, whit he had kent noo for ten year. *Nothin wis impossible.* But even better than that, he noo had a sense that he wis in Elfhelm for a reason. He micht never be able tae be a true elf. But he wis here noo, and like awthin in life there wis a purpose at wark.

'You hae the pooer tae dae guid, and you ken it.'

He *did* ken he had the pooer tae dae guid, and he wid find a wey tae dae it. A wey tae pit thegither the Nikolas hauf o himsel and the Faither Christmas hauf. He wid unite the human bits wi the magical bits, and mibbe wan day he could change no jist Elfhelm but the lives o humans and aw.

The Truth Pixie runkled up her neb. Her

triangular wee face wis lost in thocht. Then fae oot o noowhaur she shoutit a word intae the air. 'Giein!'

'Whit?'

'Giein is whit maks ye happy. I saw yer face when ye gied me the viewin stick. It wis still a muckle streenge human face but it wis sae happy!'

Nikolas smiled and scarted his chin. 'Giein, aye. Giein . . . Thank ye, Truth Pixie. I owe you the haill warld.'

The Truth Pixie smiled some mair. 'This hummle cottage and these Widded Hills are eneuch for me.'

Then Miika crowled across Nikolas's knap and wantit tae lowp on the flair, sae Nikolas held oot his haun for the moose tae sclim on, and gently let him doon ontae the groond. 'Cheese is better than tumshie, is it no?' said Nikolas.

'It maist certainly is,' said Miika. And Nikolas seemed tae unnerstaund.

Nikolas got aff the tottie chair and hunkered his wey oot o the tottie hoose.

The Truth Pixie thocht o somethin as Nikolas made his wey doon the hill towards Elfhelm. 'Och, and ye should growe a beard! It wid really suit ye.'

Forty year later . . .

FAITHER CHRISTMAS REVEALS AW

PRICE 2 CHOCOLATE COINS

The Daily Snaw

IVRY ELF'S FAVOURITE NEWSPAPER

EXCLUSIVE: FAITHER CHRISTMAS REVEALS HIS NEW LOOK

Faither Christmas wis spottit at Reindeer Field this weekend wi a beard. Speakin tae the Daily Snaw's political correspondent, Mither Jingle, Faither Christmas commentit 'Aye, it's true. This is a beard and it's on ma face. But I really want tae talk aboot the need for mair guidwill and . . .'

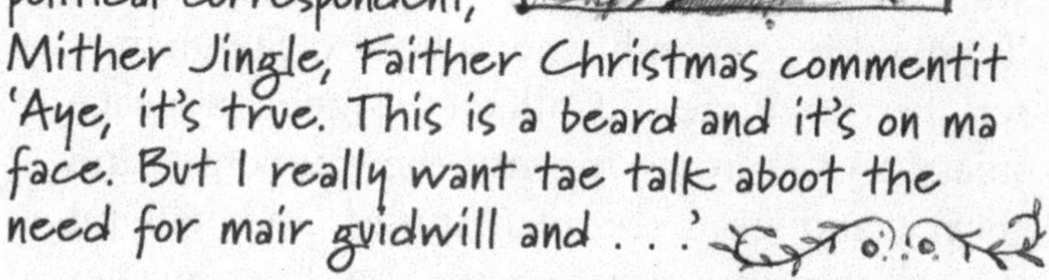

Sae there ye hae it. Faither Christmas's beard is real.

See pages 33 tae 47 for advice on

HOO TAE GET THE FAITHER CHRISTMAS LOOK

The Magic o Giein

It taks some folk a lang time tae wark oot exactly whit they are here for. In Nikolas's case it took him anither forty year.

He wis noo twa and saxty year auld. He had no ainly kept his beard, as the Truth Pixie suggestit, but he had been heid bummer o the Elf Cooncil for An Awfie Lang Time.

In that time he had looked efter and spreid happiness aw ower Elfhelm. He had sterted a weekly spickle daunce (wi singin Tomtegubbs) in the clachan ha, gien free toys tae ivery new elf bairnie, convertit the touer intae a toy warkshop, estaiblished a University o Advanced Toymakkin, expandit the School o Sleighcraft, set up the Pixie–Elf alliance, signed a peace treaty wi the trows, inventit the mince pie, and sherry, and gingerbreid mannies, and had pit the elf minimum wage up tae five hunner chocolate bawbees a week.

But he still felt he needit tae dae mair. He

kent he needit tae dae mair because he wis still gettin aulder by the day. Maist elves – apairt fae Faither Topo and a wheen ithers – had stapped agein at aroond forty, and it wis gettin a bit daft. He wis takkin sae lang tae find his purpose. He loved helpin the elves, but it wis time tae help the folk that pairt o him still belanged tae. The folk he had left ahint in their warld, wan that wis ower aften fu o loss and pain and sadness. He could sense them. He wid lee waukened in his bed at nicht and hear their voices in his heid. He could feel the haill warld in there. The guid and the bad. The ill-trickit and the guid-hertit.

Wan Sunday nicht in spring, when there wis nae muin, he took Blitzen fae the field and flew ayont the moontain.

There wis nae better feelin than fleein through the lift on the back o a reindeer. Even efter a lifetime o daein this, Nikolas – wha wis noo sae comfortable wi the name Faither Christmas he cawed himsel Faither Christmas – loved the magical feelin o wheechin through the lift. They kept fleein. Richt across Finland, across the forest whaur he last saw his faither, searchin for him, the wey he ayewis searched for him whenever he flew. It wis glaikit. His faither had dee'd lang ago, but it wis an auld habit. They flew on intae the sooth o Denmark, ower touns and cities, ower the smaw fishin port o Helsinki, whaur trawlers and ither boaties waitit on the fishermen wha wid tak them oot ontae the roch seas again.

Faither Christmas desperately wantit tae speak tae yin o his ain kind, but he had lang vowed tae the elves that he wid keep their secret. He kent they were richt. Humans probably still couldnae be trustit tae ken aboot elves and their magic. But that wis ainly because human lives could be so haurd.

On and on they flew, ower the kingdom o Hanover, the Netherlands and France. The lands ablow were aw daurk, but wi brief blinks o licht fae aw the fires and the gas streetlamps that glistered in the cities ablow. As Faither Christmas finally spiered Blitzen tae heid hame, he thocht aw o human life – and certainly the life he mindit – wis like this landscape. Daurk, wi occasional blinks o licht.

As he flew back north, unner the muinless lift, he realised that although he micht no hae been able tae bide amang humans again, the question still fashed him: hoo could he mak their lives better? Happier?

The follaein day he spiered that verra same question in a meetin o the Elf Cooncil.

'We need tae find a wey tae spreid as muckle happiness as possible,' he announced.

Faither Vodol arrived a bit late, cairryin a bunnle o presents.

'Happy birthday, Faither Vodol!' said Faither Christmas.

They aw sang 'Happy Birthday'. When Faither Vodol wis seated he turned and smiled at his guid freend, Faither Christmas, and wished he could turn back time and chynge that day he had pit him in prison.

'But awbody is happy,' said Mither Noosh, wha wis noo a successfu journalist, as the *Daily Snaw*'s chief reindeer correspondent.

'Awbody *here* is aye happy,' correctit Faither Christmas. 'But I want tae spreid that happiness ayont the moontain.'

There wis a collective gowp fae awbody that wis there, which wisnae mony, as there wis a cake-scrannin competition gaun on doon the stair in the clachan ha.

'Ayont the moontain?' spiered Faither Topo. 'But it's ower dangerous. Awthin is perfect here. If we let aw the humans ken we're here it wid be a rammy! Nae offence, Faither Christmas.'

Faither Christmas noddit and scartit his beard, which wis noo as white as Faither Topo's whuskers. Faither Topo ayewis had a point and this wis nae exception.

'I agree, Faither Topo, I agree. But whit if we did somethin that gied jist a wee bit o magic? Somethin that could brichten their lives?'

'But whit?' spiered Faither Vodol, wha wis rivin open a birthday present. 'A saft cuddly toy reindeer!' he squaiked wi joy. 'It looks jist like Blitzen! Thank ye, Faither Christmas.'

'A pleisure,' said Faither Christmas.

And Faither Christmas watched that joy on Faither Vodol's face, and thocht – as he aften did – aboot the magic o giein. He thocht o the day he had been gien the sledge. And the time, a few years efter, when he had been gien the tumshie-doll. Even though a sleigh is faur better than a neep, the feelin when he'd got the baith o them had been the same. The Truth Pixie had been richt. Giein wis whit he wis guid at.

And then that nicht, at aroond midnicht, it cam tae him.

It wis the maist muckle and maist mairvellous idea he had ever had in his life.

The idea wid involve hunners o things. First o aw, hunners o haurd wark. But elves loved wark – if it wis fun – sae he wid mak shair it wis fun. It had tae be fun, because if they werenae havin fun then it wid aw go badly wrang. He wid convert the touer fae being jist a toy warkshop intae the brawest toy warkshop imaginable.

The plan wid involve reindeer and aw. Aye, aw o the reindeer wid be needit. He wid need Blitzen tae lead the wey, because naebody wis as guid in the air as Blitzen. He wis no ainly strang and quick, but he had smeddum and aw. He wid never hauf feenish a journey, jist as Nikolas wid never hauf sclim a moontain. As weel as Blitzen, he wid need Donner at the front tae help wi navigation. Or mibbe that new reindeer Mither Noosh foond wandered in the Widded Hills. The wan wi the streenge reid neb.

And they wid need a guid sleigh. They'd need the brawest sleigh there had ever been, in fact. He'd need tae recruit the best sleighmakars. He wid need it tae be strang and sleek and silent through the air.

But there wis aye a problem. He paced his bedroom, chawin on a bar o chocolate. He looked oot o his windae, past Blitzen and the ither eicht reindeer asleep in the daurk, ower tae the clachan ha. He looked at the face o the new nock. Fifteen meenits had gane by since he'd first had the idea. Time flitted sae quick.

He'd need tae dae somethin aboot that.

Aboot time.

Hoo could he traivel tae every bairn in the warld in a singil nicht? It wis impossible.

But Faither Topo's words fae lang ago cam back tae him.

An impossibility is jist a possibility ye dinnae unnerstaund.

He keeked up at the lift and saw a comet's bleezin trail as it made its road atween the staurs, afore dwynin awa intae the nicht like a dream.

'A shootin staur,' he said tae himsel, mindin the ane he had seen wi Miika aw thae years ago.

'I dae believe in magic, Miika,' he said,

imaginin the lang lost moose wis still there wi him. 'Jist as you believed in cheese.'

And whaur there wis magic, there wis ayewis a wey.

And this time he kent he wid find it. He steyed up aw nicht thinkin aboot it, and then he stapped thinkin aboot it and sterted believin in it. He believed it sae completely that it wis awready real. There wis nae use tryin tae *think* o a wey, because it wis impossible. And the ainly wey ye could mak somethin impossible real wisnae through logic or sensible thinkin. Naw. It wis tae *believe* it could be done. Belief wis the method. Ye could stap time, expand lums, even traivel the warld in a singil nicht, wi the richt magic and belief inside ye.

And it wis gonnae happen at Christmas.

And the moment he kent it he felt a warm lowe. It sterted in his wame and spreid through his haill body. It wis the feelin that cams when ye find oot wha ye really are, and wha ye ken ye'll be. And in findin himsel he had stapped growin auld richt there. The wey ye stap when ye rax a destination efter a lang journey, or efter readin tae the last page in a book, when the story is feenished and steys that wey for ever. And sae he kent that he – the man cawed Christmas, wha really still felt as young as ever, a saxty-twa year auld *laddie* cawed Christmas – widnae age anither day.

He picked up his faither's auld reid bunnet. He pit it up tae his face and wis shair he could smell the scent o pines fae the auld forest whaur his faither had spent ivry day chappin doon sae mony trees. He pit the bunnet on his heid, then he heard the distant soond o voices comin fae the clachan ha. O coorse! It wis Monday. Daunce nicht. He opened his windae wide and saw hunners o happy elves walkin back tae their hames. He felt sic a joyous speerit inside himsel he leaned oot o the windae and shoutit as lood as he could.

'Merry Christmas tae aw, and tae aw a guid nicht!'

And awbody looked up at him, and wioot question said, 'Merry Christmas!'

And awbody – includin Faither Christmas – lauched.

'Ho ho ho!'

And sae it wis that he closed the windae and feenished his chocolate and gaed tae his bed.

He closed his een and smiled wi sic joy, thinkin o aw the magic and wunner he wid share nixt Christmas.

BAKE CAKE LIKE A PIXIE

PRICE 2 CHOCOLATE COINS

The Daily Snaw

IVRY ELF'S FAVOURITE NEWSPAPER

FAITHER CHRISTMAS'S MUCKLE PLOY

Efter months o thrang preparation, Faither Christmas reportit the day at the toy warkshop that plans were gaun weel.

'Awthin is on track,' he telt the Daily Snaw's political correspondent Mither Jingle.

'We had a wee crisis earlier in the month wi missin jigsaw pieces but that's aw sortit noo . . .

CONTINUED ON PAGES 2–3

The First Bairn tae Wauk Up

The verra first bairn tae wauk up on Christmas mornin wis an eicht-year-auld lassie cawed Amelia wha bade in a smaw hoose on the ootskirts o London in the gray and rainy country kent as England.

She opened her een and streetched. She heard her mither hoastin through the waw. She saw somethin in the daurkness o her room. An unmovin shape at the end o her bed. The sicht made her curious. She sat up. And there wis a stockin burstin wi paircels.

She unwrappit the first paircel, her hert stoondin.

'Impossible,' she said, openin it up. It wis a wee widden horse. Exactly whit she had ayewis wantit. She opened the nixt present. A spinnin tap, perfectly haun-paintit wi the bonniest pattern o zigzags. Somethin else. A wee orange! She had never seen an orange afore. And siller made oot o chocolate!

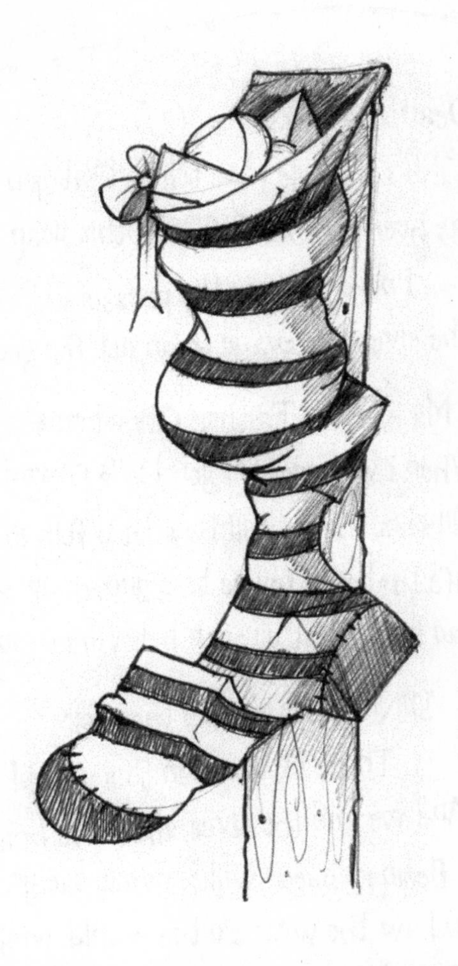

She noticed a piece o cream writin paper faulded up in the bottom o the stockin. She sterted tae read:

Dear Amelia,

I am awfie gled tae tell ye that you hae been a GUID LASSIE this year.

I hope ye enjoy the presents. The elves hae made them jist for you.

Ma name is Faither Christmas. When I wis ages wi you I wis cawed Nikolas. There will be a lot o folk in yer life that will tell ye tae 'growe up' or tae insist that ye stap believin in magic.

DINNAE listen tae thae folk.

There IS magic in this warld. And me and the elves and some braw fleein reindeer will prove it tae ye, and aw the weans o the warld, ivry Christmas mornin, when ye find a stockin fu o presents.

Noo, awa and spreid the word.

Merry Christmas!

Yours aye,
F.C.

As weel as being a nummer wan bestsellin writer for adults, **Matt Haig** has won the Blue Peter Book Award, the Smarties Book Prize and been nominatit three times for the Carnegie Medal for his stories for bairns and young adults. The idea for the Christmas series cam when his son spiered him whit Faither Christmas wis like as a laddie.

Chris Mould gaed tae art schuil at saxteen year auld. He has won the Nottingham Bairns' Book Award and been commendit by the Sheffield Bairns' Book Award. He is mairried wi twa weans and bides in Yorkshire. He loves his wark and likes tae write and draw the kin o books that he wid hae liked tae hiv had on his shelf when he wis a laddie himsel.

Matthew Fitt is a novelist and poet as weel as a translator. Kenspeckle in the field o Scots language education, Matthew wis winner o the Ootstaundin Contribution tae Bairns' Books award at the 2020 Scottish Book Trust Awards. He is a co-foonder o and contributin author tae the Itchy Coo imprint.